Das grosse Wilhelm Busch Album in Farbe

Wilh. Busch.

Das grosse Wilhelm Busch Album in Farbe

Die beliebtesten Geschichten mit über 1500 Abbildungen

Unipart-Verlag · Stuttgart

genehmigte Lizenzausgabe für
UNIPART VERLAG GMBH
Remseck bei Stuttgart, 1995

ISBN 3 8122 3412 2

Schein und Sein.

Mein Kind, es sind allhier die Dinge,
Gleichviel, ob große, ob geringe,
Im Wesentlichen so verpackt,
Daß man sie nicht wie Nüsse knackt.

Wie wolltest du dich unterwinden,
Kurzweg die Menschen zu ergründen.
Du kennst sie nur von außenwärts.
Du siehst die Weste, nicht das Herz.
W. B.

Max und Moritz

Eine Bubengeschichte in sieben Streichen

Vorwort

Ach, was muß man oft von bösen
Kindern hören oder lesen!!
Wie zum Beispiel hier von diesen,
Welche Max und Moritz hießen;

Die, anstatt durch weise Lehren
Sich zum Guten zu bekehren,
Oftmals noch darüber lachten
Und sich heimlich lustig machten. –
– Ja, zur Übeltätigkeit,
Ja, dazu ist man bereit! –
– Menschen necken, Tiere quälen,
Äpfel, Birnen, Zwetschen stehlen – –
Das ist freilich angenehmer
Und dazu auch viel bequemer,
Als in Kirche oder Schule
Festzusitzen auf dem Stuhle. –
– Aber wehe, wehe, wehe!
Wenn ich auf das Ende sehe!! –
– Ach, das war ein schlimmes Ding,
Wie es Max und Moritz ging.
– Drum ist hier, was sie getrieben.
Abgemalt und aufgeschrieben.

Erster Streich

Mancher gibt sich viele Müh'
Mit dem lieben Federvieh;
Einesteils der Eier wegen,
Welche diese Vögel legen,
Zweitens: weil man dann und wann
Einen Braten essen kann;
Drittens aber nimmt man auch
Ihre Federn zum Gebrauch
In die Kissen und die Pfühle,
Denn man liegt nicht gerne kühle. –

Seht, da ist die Witwe Bolte,
Die das auch nicht gerne wollte.

Ihre Hühner waren drei
Und ein stolzer Hahn dabei. –

Max und Moritz dachten nun:
Was ist hier jetzt wohl zu tun?
– Ganz geschwinde, eins, zwei, drei,
Schneiden sie sich Brot entzwei,

In vier Teile, jedes Stück
Wie ein kleiner Finger dick.
Diese binden sie an Fäden,
Übers Kreuz, ein Stück an jeden,
Und verlegen sie genau
In den Hof der guten Frau. –
Kaum hat dies der Hahn gesehen,
Fängt er auch schon an zu krähen:

Kikeriki! Kikikerikih!! —
Tak, tak, tak! — da kommen sie.

Hahn und Hühner schlucken munter
Jedes ein Stück Brot hinunter;

Aber als sie sich besinnen,
Konnte keines recht von hinnen.

In die Kreuz und in die Quer
Reißen sie sich hin und her,

Flattern auf und in die Höh',
Ach herrje, herrjemine!

Ach, sie bleiben an dem langen,
Dürren Ast des Baumes hangen. —
— Und ihr Hals wird lang und länger,
Ihr Gesang wird bang und bänger;

Jedes legt noch schnell ein Ei,
Und dann kommt der Tod herbei. —

Witwe Bolte in der Kammer
Hört im Bette diesen Jammer;

Ahnungsvoll tritt sie heraus:
Ach, was war das für ein Graus!

„Fließet aus dem Aug', ihr Tränen!
All mein Hoffen, all mein Sehnen,
Meines Lebens schönster Traum
Hängt an diesem Apfelbaum!!"

Tiefbetrübt und sorgenschwer
Kriegt sie jetzt das Messer her;
Nimmt die Toten von den Strängen,
Daß sie so nicht länger hängen,

Und mit stummem Trauerblick
Kehrt sie in ihr Haus zurück. –

Dieses war der erste Streich,
Doch der zweite folgt sogleich.

Zweiter Streich

Als die gute Witwe Bolte
Sich von ihrem Schmerz erholte,
Dachte sie so hin und her,
Daß es wohl das beste wär',
Die Verstorb'nen, die hienieden
Schon so frühe abgeschieden,
Ganz im stillen und in Ehren
Gut gebraten zu verzehren. —
— Freilich war die Trauer groß,
Als sie nun so nackt und bloß
Abgrupft am Herde lagen,
Sie, die einst in schönen Tagen
Bald im Hofe, bald im Garten
Lebensfroh im Sande scharrten. —

Ach, Frau Bolte weint aufs neu,
Und der Spitz steht auch dabei. —
Max und Moritz rochen dieses;
„Schnell aufs Dach gekrochen!" hieß es.

Durch den Schornstein mit Vergnügen
Sehen sie die Hühner liegen,

Die schon ohne Kopf und Gurgeln
Lieblich in der Pfanne schmurgeln. —

Eben geht mit einem Teller
Witwe Bolte in den Keller,
Daß sie von dem Sauerkohle
Eine Portion sich hole,
Wofür sie besonders schwärmt,
Wenn er wieder aufgewärmt. —
— Unterdessen auf dem Dache
Ist man tätig bei der Sache.
Max hat schon mit Vorbedacht
Eine Angel mitgebracht. —
Schnupdiwup! da wird nach oben
Schon ein Huhn heraufgehoben.
Schnupdiwup! jetzt Numro zwei;
Schnupdiwup! jetzt Numro drei;

Und jetzt kommt noch Numro vier:
Schnupdiwup! dich haben wir!! —
Zwar der Spitz sah es genau.
Und er bellt: Rawau! Rawau!

Aber schon sind sie ganz munter
Fort und von dem Dach herunter. –
– Na! Das wird Spektakel geben,
Denn Frau Bolte kommt soeben;
Angewurzelt stand sie da,
Als sie nach der Pfanne sah.

Alle Hühner waren fort –
„Spitz!!“ – das war ihr erstes Wort. –

„Oh, du Spitz, du Ungetüm!!
Aber wart! ich komme ihm!!!“
Mit dem Löffel, groß und schwer,
Geht es über Spitzen her;

Laut ertönt sein Wehgeschrei,
Denn er fühlt sich schuldenfrei. –

– Max und Moritz im Verstecke
Schnarchen aber an der Hecke
Und vom ganzen Hühnerschmaus
Guckt nur noch ein Bein heraus.

Dieses war der zweite Streich,
Doch der dritte folgt sogleich.

Dritter Streich

Jedermann im Dorfe kannte
Einen, der sich Böck benannte. –

– Alltagsröcke, Sonntagsröcke,
Lange Hosen, spitze Fräcke,
Westen mit bequemen Taschen,
Warme Mäntel und Gamaschen –
Alle diese Kleidungssachen
Wußte Schneider Böck zu machen. –
Oder wäre was zu flicken,
Abzuschneiden, anzustücken,
Oder gar ein Knopf der Hose
Abgerissen oder lose –
Wie und wo und was es sei,
Hinten, vorne, einerlei –
Alles macht der Meister Böck,
Denn das ist sein Lebenszweck. –
– Drum so hat in der Gemeinde
Jedermann ihn gern zum Freunde. –
– Aber Max und Moritz dachten,
Wie sie ihn verdrießlich machten. –

Nämlich vor des Meisters Hause
Floß ein Wasser mit Gebrause.

Übers Wasser führt ein Steg
Und darüber geht der Weg. –

Max und Moritz, gar nicht träge,
Sägen heimlich mit der Säge,
Ritzeratze! voller Tücke,
In die Brücke eine Lücke. –

Als nun diese Tat vorbei,
Hört man plötzlich ein Geschrei:

„He, heraus! du Ziegen-Böck!
Schneider, Schneider, meck, meck, meck!!" –
– Alles konnte Böck ertragen,
Ohne nur ein Wort zu sagen;
Aber wenn er dies erfuhr,
Ging's ihm wider die Natur.

Schnelle springt er mit der Elle
Über seines Hauses Schwelle,
Denn schon wieder ihm zum Schreck
Tönt ein lautes: „Meck, meck, meck!!"

Und schon ist er auf der Brücke,
Kracks! die Brücke bricht in Stücke;

Wieder tönt es: „Meck, meck, meck!“
Plumps! Da ist der Schneider weg!

Grad als dieses vorgekommen,
Kommt ein Gänsepaar geschwommen,
Welches Böck in Todeshast
Krampfhaft bei den Beinen faßt.

Beide Gänse in der Hand,
Flattert er auf trocknes Land. –

Übrigens bei alle dem
Ist so etwas nicht bequem:

Wie denn Böck von der Geschichte
Auch das Magendrücken kriegte.

Hoch ist hier Frau Böck zu preisen!
Denn ein heißes Bügeleisen,

Auf den kalten Leib gebracht,
Hat es wieder gut gemacht. –
– Bald im Dorf hinauf, hinunter,
Hieß es: Böck ist wieder munter!!

Dieses war der dritte Streich,
Doch der vierte folgt sogleich.

Vierter Streich

Also lautet ein Beschluß:
Daß der Mensch was lernen muß. –
– Nicht allein das A-B-C
Bringt den Menschen in die Höh';
Nicht allein im Schreiben, Lesen
Übt sich ein vernünftig Wesen;
Nicht allein in Rechnungssachen
Soll der Mensch sich Mühe machen;
Sondern auch der Weisheit Lehren
Muß man mit Vergnügen hören. –

Daß dies mit Verstand geschah,
War Herr Lehrer Lämpel da. –

– Max und Moritz, diese beiden,
Mochten ihn darum nicht leiden;
Denn wer böse Streiche macht,
Gibt nicht auf den Lehrer acht. –

Nun war dieser brave Lehrer
Von dem Tobak ein Verehrer,
Was man ohne alle Frage
Nach des Tages Müh und Plage
Einem guten, alten Mann
Auch von Herzen gönnen kann. –

– Max und Moritz, unverdrossen,
Sinnen aber schon auf Possen.
Ob vermittelst seiner Pfeifen
Dieser Mann nicht anzugreifen. –

– Einstens, als es Sonntag wieder
Und Herr Lämpel brav und bieder
In der Kirche mit Gefühle
Saß vor seinem Orgelspiele,

Schlichen sich die bösen Buben,
In sein Haus und seine Stuben,
Wo die Meerschaumpfeife stand;
Max hält sie in seiner Hand;

Aber Moritz aus der Tasche
Zieht die Flintenpulverflasche,
Und geschwinde, stopf, stopf, stopf!
Pulver in den Pfeifenkopf. –
Jetzt nur still und schnell nach Haus,
Denn schon ist die Kirche aus. –

– Eben schließt in sanfter Ruh'
Lämpel seine Kirche zu;
Und mit Buch und Notenheften,
Nach besorgten Amtsgeschäften,

Lenkt er freudig seine Schritte
Zu der heimatlichen Hütte,

Und voll Dankbarkeit sodann,
Zündet er sein Pfeifchen an.

„Ach!“ — spricht er — „die größte Freud’
Ist doch die Zufriedenheit!! —“

Rums!! — Da geht die Pfeife los
Mit Getöse, schrecklich groß.
Kaffeetopf und Wasserglas,

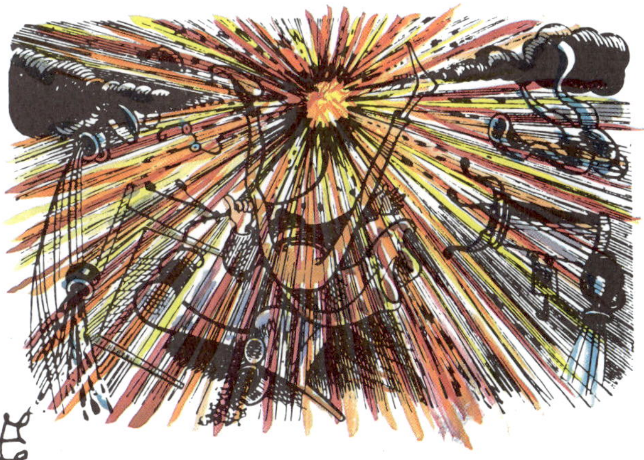

Tobaksdose, Tintenfaß,
Ofen, Tisch und Sorgensitz —
Alles fliegt im Pulverblitz. —

Als der Dampf sich nun erhob,
Sieht man Lämpel, der — gottlob!
Lebend auf dem Rücken liegt;
Doch er hat was abgekriegt.

Nase, Hand, Gesicht und Ohren
Sind so schwarz als wie die Mohren,
Und des Haares letzter Schopf
Ist verbrannt bis auf den Kopf. —

Wer soll nun die Kinder lehren
Und die Wissenschaft vermehren?
Wer soll nun für Lämpel leiten
Seine Amtestätigkeiten?
Woraus soll der Lehrer rauchen,
Wenn die Pfeife nicht zu brauchen??

Mit der Zeit wird alles heil,
Nur die Pfeife hat ihr Teil.

Dieses war der vierte Streich,
Doch der fünfte folgt sogleich.

Fünfter Streich

Wer im Dorfe oder Stadt
Einen Onkel wohnen hat,
Der sei höflich und bescheiden,
Denn das mag der Onkel leiden. –
Morgens sagt man: „Guten Morgen!
Haben Sie was zu besorgen?“
Bringt ihm, was er haben muß:
Zeitung, Pfeife, Fidibus. U
Oder sollt’ es wo im Rücken
Drücken, beißen oder zwicken,
Gleich ist man mit Freudigkeit
Dienstbeflissen und bereit. –

Oder sei’s nach einer Prise,
Daß der Onkel heftig niese,
Ruf man: „Prosit!“ alsogleich,
„Danke, wohl bekomm’ es Euch!“ –
Oder kommt er spät nach Haus,
Zieht man ihm die Stiefel aus,
Holt Pantoffel, Schlafrock, Mütze,
Daß er nicht im Kalten sitze, –
Kurz, man ist darauf bedacht,
Was dem Onkel Freude macht. –

– Max und Moritz ihrerseits
Fanden darin keinen Reiz. –
– Denkt euch nur, welch’ schlechten Witz
Machten sie mit Onkel Fritz! –

Jeder weiß, was so ein Mai-
Käfer für ein Vogel sei.
In den Bäumen hin und her
Fliegt und kriecht und krabbelt er.

Max und Moritz, immer munter,
Schütteln sie vom Baum herunter.

In die Tüte von Papiere
Sperren sie die Krabbeltiere. –

Fort damit, und in die Ecke
Unter Onkel Fritzens Decke!!!

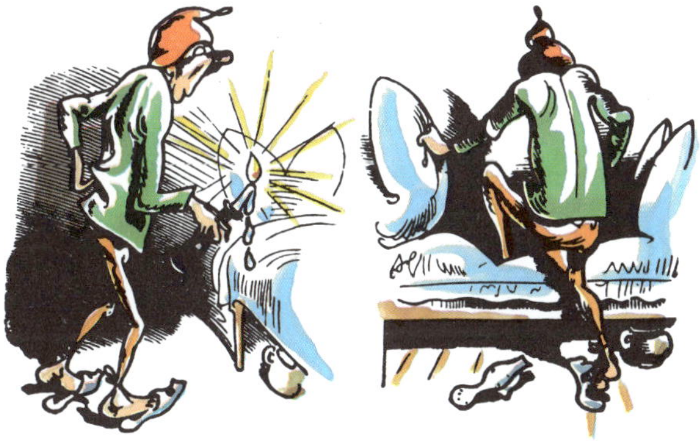

Bald zu Bett geht Onkel Fritze
In der spitzen Zippelmütze;

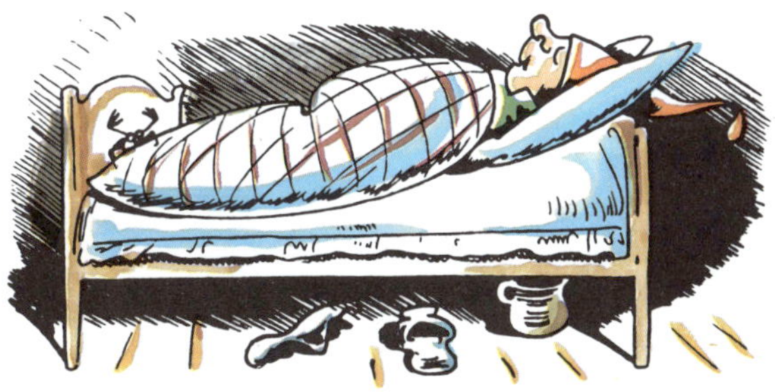

Seine Augen macht er zu,
Hüllt sich ein und schläft in Ruh.

Doch die Käfer, kritze kratze!
Kommen schnell aus der Matratze.

Schon faßt einer, der voran,
Onkel Fritzens Nase an.

„Bau!!“ schreit er — „Was ist das hier?!!“
Und erfaßt das Ungetier.

Und den Onkel, voller Grausen,
Sieht man aus dem Bette sausen.

„Autsch!!“ — schon wieder hat er einen
Im Genicke, an den Beinen;

Onkel Fritz, in dieser Not,
Haut und trampelt alles tot.

Hin und her und rund herum
Kriecht es, fliegt es mit Gebrumm.

Guckste wohl! Jetzt ist's vorbei
Mit der Käferkrabbelei!!

Onkel Fritz hat wieder Ruh'
Und macht seine Augen zu.

Dieses war der fünfte Streich,
Doch der sechste folgt sogleich.

Sechster Streich

In der schönen Osterzeit,
Wenn die frommen Bäckersleut'
Viele süße Zuckersachen
Backen und zurechte machen,
Wünschten Max und Moritz auch
Sich so etwas zum Gebrauch. –

Doch der Bäcker, mit Bedacht,
Hat das Backhaus zugemacht.

Also, will hier einer stehlen,
Muß er durch den Schlot sich quälen. –

Ratsch!! – Da kommen die zwei Knaben
Durch den Schornstein, schwarz wie Raben.

Puff! – Sie fallen in die Kist',
Wo das Mehl darinnen ist.

Da! Nun sind sie alle beide
Rund herum so weiß wie Kreide.

Aber schon mit viel Vergnügen
Sehen sie die Brezeln liegen.

Knacks!! — Da bricht der Stuhl entzwei.

Schwapp!! — Da liegen sie im Brei.

Ganz von Kuchenteig umhüllt
Stehn sie da als Jammerbild. —

Gleich erscheint der Meister Bäcker
Und bemerkt die Zuckerlecker.

Eins, zwei, drei! — eh' man's gedacht,
Sind zwei Brote draus gemacht.

In dem Ofen glüht es noch —
Ruff!! — damit ins Ofenloch!

Ruff!! Man zieht sie aus der Glut;
Denn nun sind sie braun und gut. —

Jeder denkt: „die sind perdü!“
Aber nein! – noch leben sie! –

Knusper knasper! — Wie zwei Mäuse
Fressen sie durch das Gehäuse;

Und der Meister Bäcker schrie:
„Ach herrje! da laufen sie!!“ —

Dieses war der sechste Streich,
Doch der letzte folgt sogleich.

Letzter Streich

Max und Moritz, wehe euch!
Jetzt kommt euer letzter Streich! –

Wozu müssen auch die beiden
Löcher in die Säcke schneiden?? –

– Seht, da trägt der Bauer Mecke
Einen seiner Maltersäcke. –

Aber kaum, daß er von hinnen,
Fängt das Korn schon an zu rinnen.

Und verwundert steht und spricht er:
„Zapperment! Dat Ding wird lichter!"

Hei! Da sieht er voller Freude
Max und Moritz im Getreide.

Rabs!! – In seinen großen Sack
Schaufelt er das Lumpenpack.

Max und Moritz wird es schwüle,
Denn nun geht es nach der Mühle. –

„Meister Müller, he, heran!
Mahl' er das, so schnell er kann!"

„Her damit!!" Und in den Trichter
Schüttelt er die Bösewichter. –

Rickeracke! Rickeracke!
Geht die Mühle mit Geknacke.

Hier kann man sie noch erblicken
Fein geschroten und in Stücken.

Doch sogleich verzehret sie
Meister Müllers Federvieh.

Schluss

Als man dies im Dorf erfuhr,
War von Trauer keine Spur.
Witwe Bolte, mild und weich,
Sprach: „Sieh da, ich dacht es gleich!"
„Ja, ja, ja!" rief Meister Böck,
„Bosheit ist kein Lebenszweck!"
Drauf, so sprach Herr Lehrer Lämpel:
„Dies ist wieder ein Exempel!"
„Freilich!" meint der Zuckerbäcker,

„Warum ist der Mensch so lecker?!"
Selbst der gute Onkel Fritze
Sprach: „Das kommt von dumme Witze!"
Doch der brave Bauersmann
Dachte: „Wat geiht meck dat an?!"
Kurz, im ganzen Ort herum
Ging ein freudiges Gebrumm:
„Gott sei Dank! Nun ist's vorbei
Mit der Übeltäterei!!"

Die kühne Müllerstochter

Hans Huckebein,
der Unglücksrabe
Das Bad am Samstagabend
Der Schreihals
Das Pusterohr
Die Prise

Die kühne Müllerstochter

Es heult der Sturm, die Nacht ist graus,
Die Lampe schimmert im Müllerhaus.

Da schleichen drei Räuber wild und stumm –
Husch, husch, pist, pist! – ums Haus herum.

Die Müllerstochter spinnt allein,
Drei Räuber schaun zum Fenster herein.

Der zweite will Blut, der dritte will Gold,
Der erste, der ist dem Mädel hold.

Und als der erste steigt herein
Da hebt das Mädchen den Mühlenstein.

Und – patsch! – der Räuber lebt nicht mehr,
Der Mühlstein druckt ihn gar zu sehr.

Doch schon erscheint mordgierig-heiter
Und steigt durchs Loch der Räuber zweiter.

Ha! Hu! – Er ist, eh' er's gewollt,
Wie Rollenknaster aufgerollt.

Jetzt aber naht mit kühnem Schritte
Voll Goldbegierigkeit der dritte.

Schnapp! – ist der Hals ihm eingeklommen;
Er stirbt, weil ihm die Luft benommen.

So starben die drei ganz unverhofft
O Jüngling! Da schau her!
So bringt ein einzig Mädchen oft
Drei Männer ins Malheur!!!

Hans Huckebein – der Unglücksrabe

Sosehr sein Ende mich bewegt,
Ich durft' es anders nicht vermelden. –
Er stirbt – denn tragisch angelegt
War der Charakter dieses Helden.

Gar manches ist vorherbestimmt;
Das Schicksal führt ihn in Bedrängnis;
Doch wie er sich dabei benimmt,
Ist seine Schuld und nicht Verhängnis.

Drum bleibt's dabei! – Denn die Moral
Ist hier kein leeres Wortgeklingel –
Und lebte er auch noch einmal,
Er bliebe doch der alte Schlingel!

Hier sieht man Fritz, den muntern Knaben,
Nebst Huckebein, dem jungen Raben.

Und dieser Fritz, wie alle Knaben,
Will einen Raben gerne haben.

Schon rutscht er auf dem Ast daher,
Der Vogel, der mißtraut ihm sehr.

Schlapp! macht der Fritz von seiner Kappe
Mit Listen eine Vogelklappe.

Beinahe hätt' er ihn! Doch ach!
Der Ast zerbricht mit einem Krach.

In schwarzen Beeren sitzt der Fritze,
Der schwarze Vogel in der Mütze.

Der Knabe Fritz ist schwarz betupft;
Der Rabe ist in Angst und hupft.

Der schwarze Vogel ist gefangen,
Er bleibt im Unterfutter hangen.

„Jetzt hab' ich dich, Hans Huckebein!
Wie wird sich Tante Lotte freun!"

Die Tante kommt aus ihrer Tür;
„Ei!" – spricht sie – „Welch ein gutes Tier!"

Kaum ist das Wort dem Mund entfloh'n,
Schnapp! hat er ihren Finger schon.

„Ach!" – ruft sie – „Er ist doch nicht gut!
Weil er mir was zuleide tut!"

Hier lauert in des Topfes Höhle
Hans Huckebein, die schwarze Seele.

Den Knochen, den er Spitz gestohlen,
Will dieser jetzt sich wieder holen.

Sie ziehn mit Knurren und Gekrächz,
Der eine links, der andre rechts.

Schon denkt der Spitz, daß er gewinnt,
Da zwickt der Rabe ihn von hint.

O weh! Er springt auf Spitzens Nacken,
Um ihm die Haare auszuzwacken.

Der Spitz, der ärgert sich bereits
Und rupft den Raben seinerseits.

Derweil springt mit dem Schinkenbein
Der Kater in den Topf hinein.

Da sitzen sie und schaun und schaun. –
Dem Kater ist nicht sehr zu traun.

Der Kater hackt den Spitz, der schreit,
Der Rabe ist voll Freudigkeit.

Schnell faßt er, weil der Topf nicht ganz,
Mit schlauer List den Katerschwanz.

Es rollt der Topf. Es krümmt voll Quale
Des Katers Schweif sich zur Spirale.

Und Spitz und Kater fliehn im Lauf. –
Der größte Lump bleibt obenauf!! –

Nichts Schönres gab's für Tante Lotte
Als Schwarze-Heidelbeer-Kompotte.

Doch Huckebein verschleudert nur
Die schöne Gabe der Natur.

Die Tante naht voll Zorn und Schrecken;
Hans Huckebein verläßt das Becken.

Und schnell betritt er, angstbeflügelt,
Die Wäsche, welche frisch gebügelt.

O weh! Er kommt ins Tellerbord;
Die Teller rollen rasselnd fort.

Auch fällt der Korb, worin die Eier –
Ojemine! – und sind so teuer!

Patsch! fällt der Krug. Das gute Bier
Ergießt sich in die Stiefel hier.

Und auf der Tante linken Fuß
Stürzt sich des Eimers Wasserguß.

Sie hält die Gabel in der Hand,
Und auch der Fritz kommt angerannt.

Perdums! Da liegen sie. – Dem Fritze
Dringt durch das Ohr die Gabelspitze.

Dies wird des Raben Ende sein –
So denkt man wohl –, doch leider nein!

Denn – schnupp! – der Tante Nase faßt er;
Und nochmals triumphiert das Laster!

Jetzt aber naht sich das Malheur,
Denn dies Getränke ist Likör.

Es duftet süß. – Hans Huckebein
Taucht seinen Schnabel froh hinein.

Und läßt mit stillvergnügtem Sinnen
Den ersten Schluck hinunterrinnen.

Nicht übel! – Und er taucht schon wieder
Den Schnabel in die Tiefe nieder.

Er hebt das Glas und schlürft den Rest,
Weil er nicht gern was übrigläßt.

Ei, ei! Ihm wird so wunderlich,
So leicht und doch absunderlich.

Er krächzt mit freudigem Getön
Und muß auf einem Beine stehn.

Der Vogel, welcher sonsten fleugt,
Wird hier zu einem Tier, was kreucht.

Und Übermut kommt zum Beschluß,
Der alles ruinieren muß.

Er zerrt voll roher Lust und Tücke
Der Tante künstliches Gestricke.

Der Tisch ist glatt – der Böse taumelt –
Das Ende naht – sieh da! Er baumelt!

„Die Bosheit war sein Hauptpläsier,
Drum“ – spricht die Tante – „hängt er hier!“

Das Bad am Samstagabend

Hier sieht man Bruder Franz und Fritzen
Zu zweit in einer Wanne sitzen.

Die alte Lene geht – und gleich
Da treibt man lauter dummes Zeug.

Denn Reinlichkeit ist für die zwei
Am Ende doch nur Spielerei. –

Jetzt will der Fritz beim Untertauchen
Nur seinen einen Finger brauchen.

Das ärgert aber Bruder Fritzen,
Drum fängt er an, den Franz zu spritzen.

Natürlich läuft ihm was ins Ohr,
Dem Franz kommt dieses lustig vor.

Doch der, mit seiner großen Zehe,
Tut Fritzen an der Nase wehe;

Dafür taucht Fritz den Kopf ihm nieder,
Was so im Wasser sehr zuwider.

Franz aber zieht an Fritzens Bein;
Der zappelt sehr und kann nicht schrein.

In Mund und Auge, zornentbrannt,
Greift jetzt die rachbegier'ge Hand.

Die Wanne wird zu enge
Für dieses Kampfgedränge.

Perdatsch!! – Die alte, brave Lene
Kommt leider grad zu dieser Szene.

Sie spricht voll Würde und voll Schmerz:
,,Die Reinlichkeit ist nicht zum Scherz!!"

Und die Moral von der Geschicht:
Bad zwei in einer Wanne nicht!

Der Schreihals

„Da, Lina, zieh ihm's Nachtzeug an,
Daß ich die Flasche wärmen kann."

Die Mutter geht, und eh' sie scheidet,
Wird Willi schon des Hemds entkleidet.

Die Wäscherei gefällt ihm nicht,
Vor allen Dingen im Gesicht.

Doch schreit er nicht und hält ganz still
Und läßt sich pudern, wo man will.

Kaum aber schnüret man ihn ein,
So fängt er auch schon an zu schrein.

Habäh! – So tönt sein Wehgeschrei
Und lockt den Vater selbst herbei.

„Hier, halt ihn eben mal, Papa!
Ich geh und rufe die Mama!"

Der Vater trommelt an den Scheiben,
Um Willis Trauer zu vertreiben.

Er läßt ihn in den Spiegel schaun.
Der Willi schreit, bis daß er braun.

„Horch, Willi, horch, die Ticktackuhr!“ –
Der Willi schreit noch ärger nur.

„Susu, mein Herz! Schlaf ein, schlaf ein!“
Er fängt noch lauter an zu schrein.

Mit List zeigt er die Zipfelhauben –
Umsonst! – der Willi will's nicht glauben.

Jetzt macht er einen Butzemann. –
O weh! – Nun geht's noch schlimmer an.

Die Mutter öffnet grad die Tür:
„Mein Herz! Was machen sie mit dir?!“

Die Mutter macht ein ernst Gesicht:
„Ja, was ist das? – Auch dieses nicht?!“

Grad kommt die Tante auf Visite
Und ruft erschreckt: „Du meine Güte!“ –

Voll Weisheit öffnet sie den Bund. –
Da haben wir's! – Das war der Grund! –

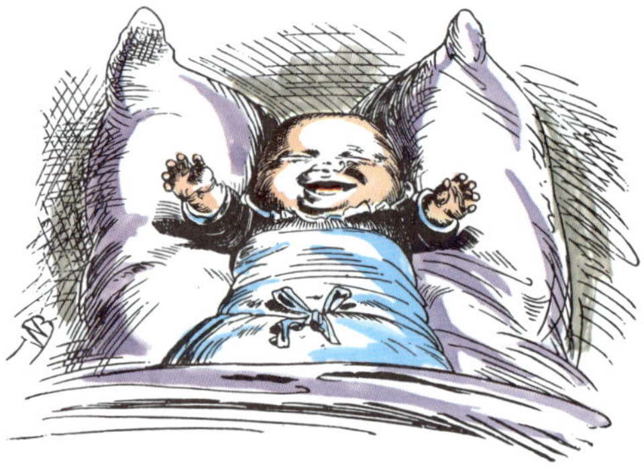

Und Willi, der von Schmerz befreit,
Lacht laut vor lauter Heiterkeit.

Das Pusterohr

Hier sitzt Herr Bartelmann im Frei'n
Und taucht sich eine Brezel ein.

Der Franz mit seinem Pusterohr
Schießt Bartelmann ans linke Ohr.

Ei, Zapperment, so denkt sich der,
Das kam ja wohl von unten her.

Doch nein – denkt er –, es kann nicht sein!
Und taucht die Brezel wieder ein.

Und – witsch – getroffen ist die Brezen,
Herrn Bartelmann erfaßt Entsetzen.

Und – witsch – jetzt trifft die Kugel gar
Das Aug', das sehr empfindlich war.

So daß dem braven Bartelmann
Die Träne aus dem Auge rann.

Ei, Zapperment – so denkt sich der –,
Das kommt ja wohl von oben her! –

Aujau! Er fällt – denn mit Geblase
Schießt Franz den Pfeil ihm in die Nase.

Da denkt Herr Bartelmann, aha!
Dies spitze Ding, das kenn' ich ja!

Und freudig kommt ihm der Gedanke.
Der Franz steht hinter dieser Planke!

Und – klapp! schlägt er mit seinem Topf
Das Pusterohr tief in den Kopf!

Drum schieß mit deinem Püsterich
Auf keine alten Leute nicht!

Die Prise

Der Herr Direktor sitzt beim Wein
Und schaut gar sehr verdrießlich drein.

Das Auge schweift ins Grenzenlose;
Die Hand greift nach der Tabaksdose.

Das wohlgeübte Fingerpaar
Erfaßt so viel, als möglich war.

Und sparsam, selbst im Überfluß,
Vertieft er sich in den Genuß.

Zwar fühlt er sich zunächst geniert,
Weil er nur halbe Wirkung spürt.

Doch soll ein mildes Nasenreiben
Die Sache fördern und betreiben.

Auch wird das Sacktuch, blaugeblümt,
Als Nasenfeile sehr gerühmt.

Und hilft auch alles dieses nicht,
So hilft ein Blick ins Sonnenlicht.

Die Spannung steigt, der Drang wird groß –
Nur still! Gebt acht! – Gleich drückt er los!

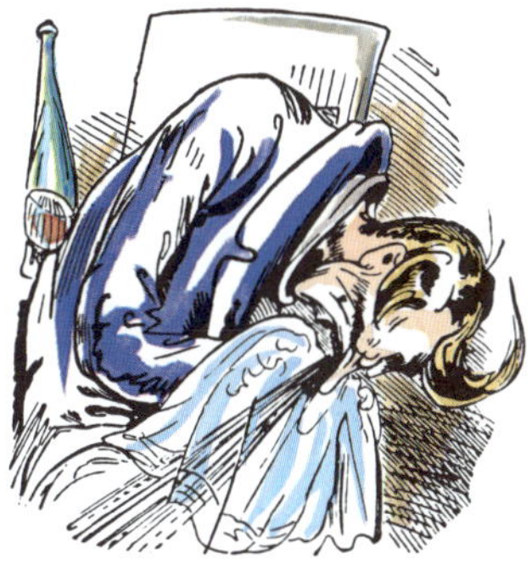

Haptschi! – Wer schnupft und dieses hört,
Der findet es beneidenswert.

Denn was die Seele dumpf umhüllt,
Wird plötzlich heiter, klar und mild.

Ja! – Sehr erheitert uns die Prise,
Vorausgesetzt, daß man auch niese!

Schnurrdiburr

oder Die Bienen

O Muse! Reiche mir den Stift, den Faber
In Nürnberg fabrizieren muß!
Noch einmal sattle mir den harten Traber,
Den alten Stecken-Pegasus!
Nu jüh! – So reiten wir zu Imker Drallen
Und zu Christinen, welche schön,
Und zu Herrn Knörrje, dem sie sehr gefallen,
Und dessen Neffen, dem Eugen!

Erstes Kapitel

Sei mir gegrüßt, du lieber Mai,
Mit Laub und Blüten mancherlei!
Seid mir gegrüßt, ihr lieben Bienen,
Vom Morgensonnenstrahl beschienen!
Wie fliegt ihr munter ein und aus
In Imker Dralles Bienenhaus

Und seid zu dieser Morgenzeit
So früh schon voller Tätigkeit.

Für Diebe ist hier nichts zu machen,
Denn vor dem Tore stehn die Wachen.

Und all die wackern Handwerksleute
Die hauen, messen stillvergnügt,
Bis daß die Seite sich zur Seite
Schön sechsgeeckt zusammenfügt.

Schau! Bienenlieschen in der Frühe
Bringt Staub und Kehricht vor die Tür;
Ja! Reinlichkeit macht viele Mühe,
Doch später macht sie auch Pläsier.

Wie zärtlich sorgt die Tante Linchen
Fürs liebe kleine Wickelkind.
„Hol Wasser", ruft sie, „liebes Minchen,
Und koch den Brei, und mach geschwind!"

Auch sieht die Zofen man, die guten,
Schon emsig hin und wider gehn;
Denn Ihre Majestät geruhten,
Höchstselbst soeben aufzustehn.

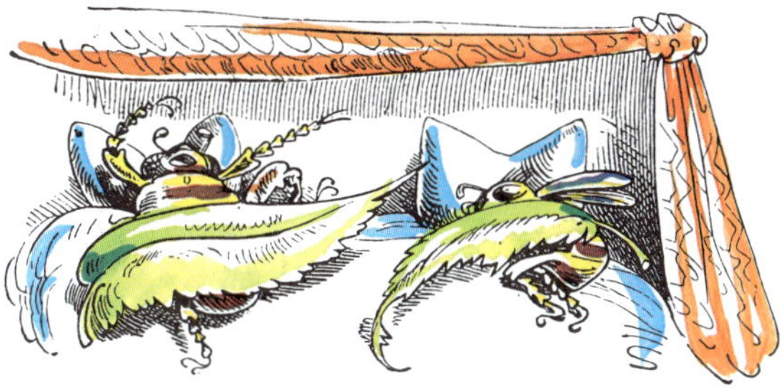

Und nur die alten Brummeldrohnen,
Gefräßig, dick und faul und dumm,
Die ganz umsonst im Hause wohnen,
Faulenzen noch im Bett herum.

„Hum!" brummelt so ein alter Brummer,
„Was, Donner! Ist es schon so spät!?
He, Trine! Lauf einmal herummer
Und bring uns Honigbrot und Met!" –
„Geduld", ruft sie, „ihr alten Schlecker!"
Und fliegt zu Krokus dem Bienenbäcker. –

„Hier diese Kringel, frisch und süße",
So lispelt Krokus, „nimm sie hin;
Doch höre, sei so gut und grüße
Aurikelchen, die Kellnerin!"

Hier steht Aurikel in der Schenke
Und zapft den Gästen das Getränke.

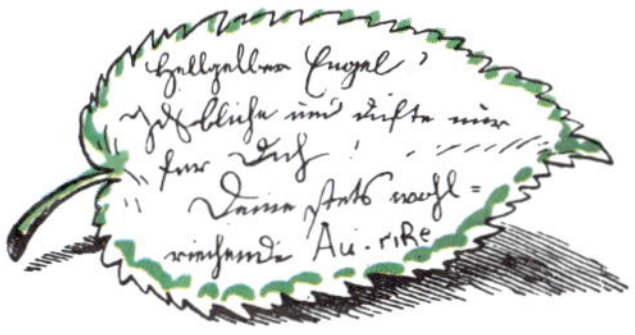

Als sie den Brief gelesen hat,
Da schrieb sie auf ein Rosenblatt:
Schnell fliegt das Bienchen von Aurikel
Zu Krokus mit dem Herzartikel. –

Jetzt heim! – Denn schon mit Zorngebrumme
Rumort und knurrt die Drohnenbrut:

„Du dumme Trine! Her die Mumme! –
Wenn man nicht alles selber tut!“

Zweites Kapitel

Hans Dralle hat ein Schwein gar nett,
Nur ist's nicht fett.

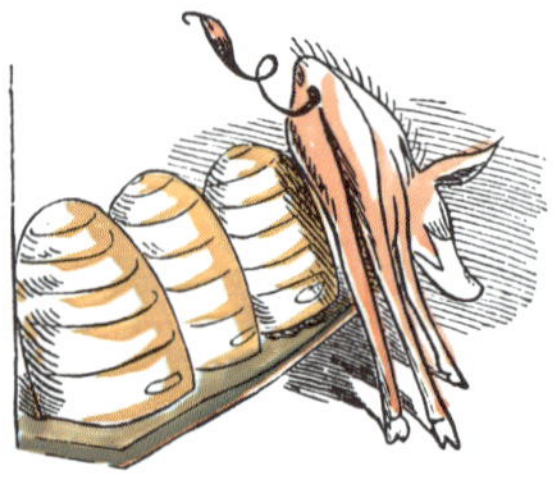

Es schnuppert keck in allen Ecken
Und schabt sich an den Bienenstöcken.

Die Bienen kommen schnell herfür
Und sausen auf das Borstentier.

U,ik! U,ik! – So hat's geschrien. –
Hans Dralle denkt: Wat hat dat Swien?!

Wie staunt Hans Dralle, als er's da
Schön abgerundet stehen sah! –
Der Schweinekäufer geht vorüber:
Was wollt Ihr für das Schwein, mein Lieber?

„So'n twintig Daler, heb ick dacht!“
Hier sind sie, fertig, abgemacht!

Hans Dralle denkt sich still und froh:
Wat schert et meck! Hei woll dat jo!

Er stellt sich flugs vor seine Bienen
Und pfeift ein altes Lied von ihnen:

Fliege, liebe Biene, fliege
Über Berg und Tal
Auf die Blumen hin und wiege
Dich im Sonnenstrahl.
Kehre wieder, kehre wieder,
Wenn die Kelche zu;
Leg die süße Bürde nieder
Und geh auch zur Ruh!

Ei, ei! Was soll denn dieses geben?!
Zwei Bienen schon mit Wanderstäben?!

Hans Dralle schaut ins Immenloch:
Wat Deuker! Hüte swarmt se noch!

Die Luft ist klar, die Luft ist warm.
Hans Dralle wartet auf den Schwarm.

Ihm wird so dumm und immer dummer;
Hans Dralle sinkt in sanften Schlummer.

Tüt, tüt! Sim, sim! So tönt es leise
Im Bienenstocke her und hin;
Es sammelt sich das Volk im Kreise,
Denn also spricht die Königin:
„Auf, Kinder! Schnürt die Bündel zu!
Er schnarcht, der alte Staatsfilou! –
Nennt sich gar noch Bienenvater!

Ein schöner Vater! Sagt, was tat er?
Und wozu taugt er?
Aus seinem Stinkehaken raucht er! –
Ist ein Gequalm und ein Geblase,
Ewig hat man den Dampf in der Nase! –
– Da hält man sich nun im Sommer knapp,
Schleppt und quält und rackert sich ab;
Denkt sich was zurückzulegen,
In alten Tagen den Leib zu pflegen . . .
Jawohl!
Kaum sind Kisten und Kasten voll,
Trägt uns der Schelm den Schwefel ins Haus
Und räuchert und bläst uns das Leben aus.
– Kurzum! Er ist ein Schwerenöter! –
Ein Honigdieb und Bienentöter! –
Drum auf! Und folgt der Königin!!"

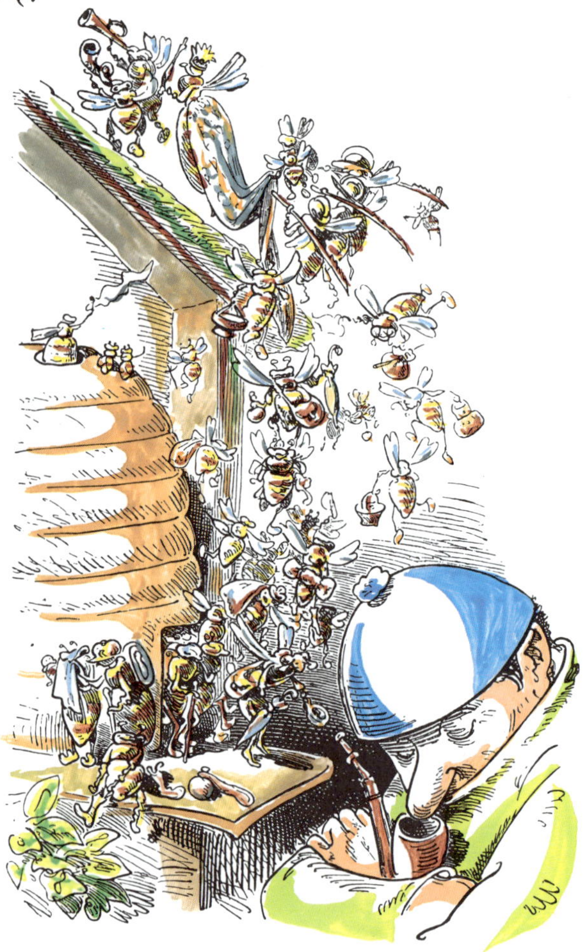

Schnurrdiburr! Da geht er hin!

Drittes Kapitel

Zuweilen brauchet die Familie
Als Suppenkraut die Petersilie. –
Und da nun grad Christine Dralle
Heut morgen auch in diesem Falle,
So sieht man sie mit Wohlgefallen

In ihres Vaters Garten wallen. –
– Herrn Knörrjes Garten liegt daneben;
Und ach! sie denkt an Knörrje eben.
Zu Anfang schätzt sie ihn als Lehrer,
Dann aber immer mehr und mehrer;
Und also schlich die süße Pein
Sich peu à peu ins Herz hinein –
Die Liebe – meistens schmerzlich heiter –
Vergißt gar leicht die Suppenkräuter;

Sie liebt vielmehr die Blumenkelche,
Und auch Christine pflückt sich welche.

Aurikel – Krokus – diese Guten
Sind so vereint, eh' sie's vermuten.

Christine aber läßt sich nieder
Unterm Flieder. –
Herrn Knörrjes Neffe, der Eugen,
Hat dies mit Freuden angesehn;
Denn dieser Knab' von vierzehn Jahren,
So jung er ist und unerfahren,
Fühlt doch, obschon noch unbewußt,
Ein süßes Ahnen in der Brust. –

Behutsam schleichend, auf der Lauer,
Drückt er sich an die Gartenmauer;

Dann plötzlich macht er einen Satz,
Und – pitsch! – Christine kriegt 'n Schmatz.

Und – schwapp! – da tönt's im tiefen Baß:
„Ha, Ungetüm, was ist denn das?!!"
– Herr Knörrje schlägt mit seinem Stabe,
Und tief gekränkt entflieht der Knabe.

Herr Knörrje aber faßt ans Kinn
Christinen, seiner Nachbarin.
Er hebt es leise in die Höh' –
Ach ja! Und sie errötete! –

„Hier diese Blume, darf ich's wagen?"
Christine wagt nicht nein zu sagen.

Jetzt faßt er sanft ihr um das Mieder.
Ach ja! Und sie errötet wieder.

Und jetzt, da gibt er gar zum Schluß
Dem guten Mädchen einen Kuß.

„Ade! Und also so um zehn
Beim Bienenhaus! Auf Wiedersehn!"
Eugen, der horcht, bemerkt mit Schmerzen
Das Einverständnis dieser Herzen. –

Nun steht er da und schreit und lärmt.
„He, Nachbar, he! Der Imme schwärmt!"

Viertes Kapitel

Hans Dralle, der noch immer schlief,
Als ihn Eugen so heftig rief,

Erwacht aus seinem sanften Traum –
Da hängt der Schwarm im Apfelbaum! –

Schnell Kappe her und Korb und Leiter,
Sonst fliegt er noch am Ende weiter!

Gar wohl vermummt, doch ohne Bangen
Hat er den Schwarm bereits gefangen;

Hoch oben steht er kühn und grade,
Da sticht's ihn in die linke Wade.

Au jau! – Die erste Sprosse bricht,
Denn viel zu groß ist das Gewicht;

Und – kracks! – ist er herabgeschossen
Durch alle sieben Leitersprossen.

Die Bienen aber mit Gebraus
Sausen ums Haus.

Zwei Knaben sitzen an der Pfütze
Und spritzen mit der Wasserspritze. –
Die Bienen kümmern sich nicht drum,
Sie sausen weiter mit Gebrumm.

Den Besen schwingt die alte Grete,
Der Kirmesanton bläst Trompete.

Ernst, Fritz und Wilhelm pfeifen, schrein;
Der Schwarm läßt sich darauf nicht ein.

Jetzt ist er oben am Kamin,
Der Schornsteinfeger sieht ihn ziehn.

Jetzt geht er übers Kirchendach;
Krach! – schießt der Förster hinten nach.

Jetzt hinkt Hans Dralle auch daher;
Und jetzo sieht man gar nichts mehr. –

Mi ärgert man – denkt er –, datt dat
Min Nawer Knörrje seihen hat.

Fünftes Kapitel

So machet dem Apisticus
Die Schwärmerei gar viel Verdruß;
Und ganz besonders hat sie Drallen
Seit der Geschichte ȿehr mißfallen. –
Doch solcherlei Verdrüsse pflegen
Die Denkungskräfte anzuregen. –

Platz mot'r sin! – So denkt er weise
Und macht zwo große Strohgehäuse. –

– „Recht guten Morgen auch, mein Lieber!“
Ruft Knörrje da zu ihm herüber.
„So fleißig?! Nun, wie geht es Ihnen?
Und dann, wie geht's den lieben Bienen?“
„Jaja, de Minsche mot sick plagen!“
„Mein Freund, das müssen Sie nicht sagen!
Die Immen sind ja ein Vergnügen,
Wie sie so umeinander fliegen;
Und standen auch in großem Ruhme
Bereits im grauen Heidentume.
– So zum Exempel hielt Virgil,
Der ein Poet, von ihnen viel;
Denn als die römischen Legionen,
Die ja bekanntlich nichts verschonen,
Am Ende auch bei ihm erschienen,
Wer half ihm da wie seine Bienen?“

Friedlich lächelt Virgil,
umsäuselt von summsenden Bienen;
Aber die runzlige Schar
bärtiger Krieger entfleucht!

„Wenn man de Schwarmeri nich wör!“
Sagt Dralle – „Dat is dat Malheur!“
„Mein lieber Freund, das ist zum Lachen;
Ableger, Nachbar, müßt Ihr machen;
So habt Ihr, ehe man's gedacht,
Aus einem Stocke zwei gemacht;

Ableger, Freund, das heißt Methode!!“
„Adje! Dat is de nie Mode!!“

Sechstes Kapitel

Eugen, der nach dem Mittagessen
Im schattenkühlen Wald gesessen,

Sieht hier mit herzlichem Vergnügen
Aus einem Baume Bienen fliegen. –
Aha, das müssen wir versuchen,
Da drinnen gibt es Honigkuchen! –

Schnell steigt der Eugen auf den Baum
Von oben in den hohlen Raum.

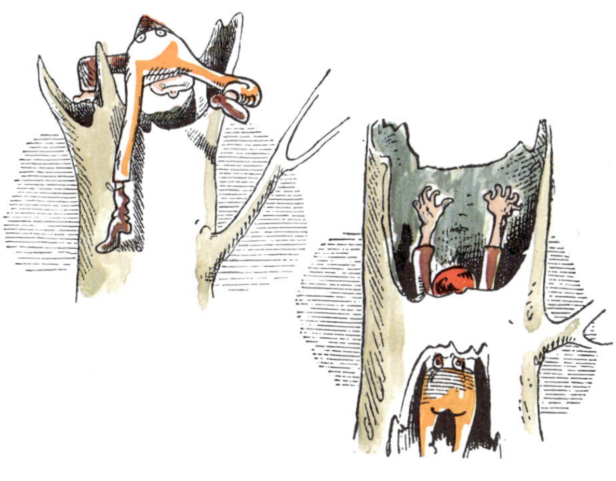

Nur Vorsicht, immer leise! – Schrapp! –
Da rutscht er auf den Grund hinab.

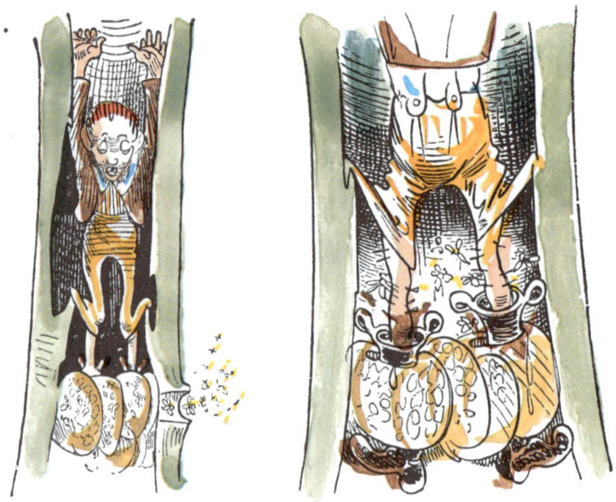

Da sitzt er nun im Baume fest,
Die Beine stehn im Immen-Nest.

Und leider haben auch nach oben
Die Hosenschläuche sich verschoben,
So daß auf seine bloßen Waden
Die Bienen ihren Zorn entladen. –

Ein alter, rupp'ger Tanzebär,
Der durchgebrannt, kommt auch daher.

Da muß ich wohl von oben kommen!
Denkt er – und ist hinaufgeklommen.

Ach! – Wie erschrak der Jüngling da.
Als er das Tier von hinten sah.

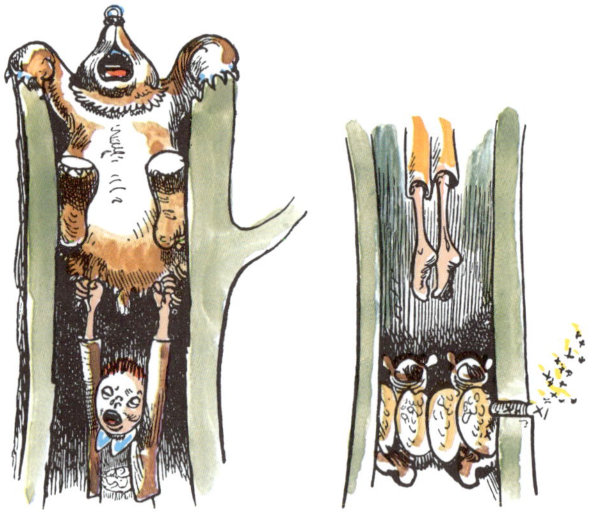

Uhuu! – Mit schrecklichem Geheul
Faßt er des Bären Hinterteil.
Dem Bären fährt es durch die Glieder,
Der Schreck treibt ihn nach oben wieder.
Er reißt den Knaben aus den Ritzen,
Doch beide Stiefel bleiben sitzen.

Grad ist Hans Dralle hergekommen
Und auch auf diesen Baum geklommen.

Habuh! – Was war das für ein Graus –
Grad krabbelt da der Bär heraus.

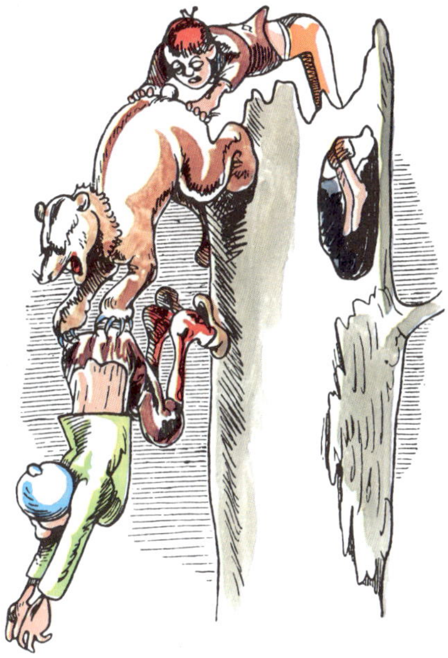

Und alle drei kopfüber purzeln
Hernieder auf des Baumes Wurzeln,

Und grad kommt Förster Stakelmann
Und legt die lange Flinte an.

Fürwahr! Er hätte ihn getroffen,
Wär nur der Bär nicht fortgeloffen.

Jetzt, eins, zwei, drei, geht man dabei
Und sägt den Honigbaum entzwei.

Und denkt nicht dran, daß man durchbohre
Des Jünglings beide Stiefelrohre.

Hans Dralle aber trägt Verlangen,
Das Bienenvolk sich einzufangen.
„Nu sühst du woll! Nu heb ick deck!“
Schnurr! geht der Schwarm von unten weg.

Siebentes Kapitel

Der Knabe Eugen, der indessen
Aufs Honigessen ganz versessen,

Gedenkt denselben ganz verstohlen
Aus Dralles Körben sich zu holen.

Ojemine! Ein ganzes Korps
Von Bienen rückt auf einmal vor,
Und pudelrauh ist der Eugen
Vom Kopf herab bis zu den Zehn.

Zum Glück ist Wasser in der Näh' –
Perdums! Kopfüber in den See!

Sieh da! Er taucht schon wieder auf
Und eilt nach Haus in schnellem Lauf.

Dem guten Knaben ist recht übel;
Drum schnell mit ihm zu Doktor Siebel.

Der Doktor Siebel horcht am Magen:
„Da murkst ja einer, möcht' ich sagen!
Und judizier' ich, daß der Knabe
Ein Ungetier im Leibe habe;

Als welches wir sogleich mit Listen
Gewissermaßen fangen müßten!“

„Schau, schau! Da ist der Bösewicht!“

„Allez! – Der Schönste bist du nicht!“

Schnell huckt der Frosch zum nahen Teich
Und nimmt ein kühles Bad sogleich.
Er rüttelt sich, er schüttelt sich:
„Quarks dreckeckeck! Da danke ich!“ –

Achtes Kapitel

Man sollte denken, daß nach allen
Verdrüssen, welche vorgefallen,
Am Ende dieser gute Knabe
Vor Süßigkeiten Abscheu habe! –
Ach nein! – Schon spekuliert der Tropf
Auf Vater Dralles Honigtopf,
Der, wie er weiß, auf einem Brett
Dicht über dessen Bette steht.

Als heut nun Dralle lag und schlief,
So gegen zehn recht fest und tief,

Da ist's ihm so, als ob was rauscht. –
Hans Dralle spitzt das Ohr und lauscht.

Ha! Schleicht nicht dort aus jener Tür
Ein greulich Phänomen herfür??!!

In seinen Augen kann man's lesen:
Dies ist fürwahr kein menschlich Wesen!

Ein Quadruped ist hier zu schauen,
Ein Flügeltier mit Schweif und Klauen.

Hans Dralle steht das Haar nach oben,
Die Zipfelhaube wird gehoben.

Schon kommt's mit fürchterlichen Sprüngen,
Den Bienenvater zu verschlingen.

Und dumpf ertönt's wie Geisterstimmen:
„Hans Dralle, kiek na dinen Immen!"

Es hebt sich auf die Hintertatzen,
Man hört es an den Wänden kratzen.

Gottlob! Jetzt kehrt es wieder um!
Hans Dralle ist vor Schrecken stumm.

Ihm hängt der Schweiß an jedem Haar,
Bis das Phantom verschwunden war.

Bald drauf sitzt der Eugen zu Haus
Und schleckt den Topf voll Honig aus.

Neuntes Kapitel

Die Blumen, die Christine pflückte,
Womit sie Knörrje hochbeglückte,

Sie hängen auf dem Fensterbort
Und sind verdorrt.

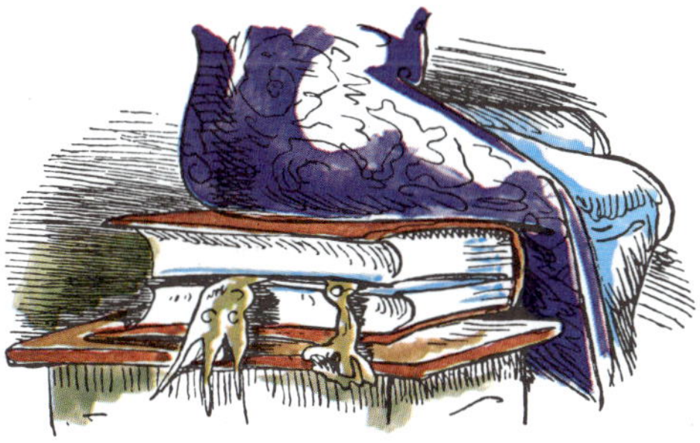

Herr Knörrje nimmt und legt sie nieder
Und preßt sie in sein Buch der Lieder,

Wo diese treuen Seelen nun
Auf ewig beieinander ruhn.

Vom Kirchenturme tönt es zehn,
Für Knörrje ist es Zeit zum Gehn.
Er eilt aus seiner stillen Klause
Zum Rendezvous beim Bienenhause,

Wo schon Christine harrend weilt
Und ihrem Freund entgegeneilt. –

Doch horch! Was hör ich dort sich regen?
Es ist ein Dieb auf bösen Wegen. –

Der Bienenraub ist sein Gewerbe;
Nur schnell hier in die großen Körbe!!

„Ja“, spricht der Dieb, „da ist’s am besten,
Ich nehme gleich den allergrößten!“

Er packt sich richtig Knörrjen auf
Und eilt davon im Dauerlauf.

„Hoho!“ – schreit Knörrje – „Wart, du Tropf!“
Und stülpt den Korb ihm übern Kopf.

Vergebens sucht er sich zu sträuben,
Er muß im Korbe sitzenbleiben. –

Doch ach! Was muß Christine schaun?!
Der Zottelbär steigt übern Zaun,

Riecht in den Korb, und mit Geblase
Steckt er durchs Spundloch seine Nase.

Hier diesen Pflock, nur flink, nur flink!
Quer durch des Bären Nasenring!

Ja, brülle nur!
Die Nase geht nicht mehr retour! –

So wär nun alles wohl gelungen;
Die Liebenden stehn fest umschlungen.

Da naht Hans Dralle. – Die Geschichte
Sieht er mit staunendem Gesichte.

Er steht und staunt und wundert sich:
,,Ne Kinders, düt verstah eck nich!"

Doch Knörrje, der das Wort genommen,
Erzählt, wie alles so gekommen.

,,No ja!" – spricht Dralle – ,,Minetwegen!"
Und gibt dem Paare seinen Segen. –

Schon stehn umher voll Schreckensfreude
Des Dorfes wackre Biederleute.

Der Förster will den Bären schießen,
Wenn sie ihn nur zufrieden ließen.

Die Wache naht. – Sie trägt sofort
Den Dieb an einen stillen Ort.

Und auch der Bärenführer kommt
Und nimmt den Bären, welcher brommt.

Der Anton stößt in die Trompete
Und ,,Vivat!" schreit die alte Grete;

Und ,,Vivat!" schreien sie nun alle,
,,Vivat, es lebe unser Dralle!!"

Zehntes Kapitel

Die Nacht ist warm, die Menschen träumen,
Und leise flüstert's in den Bäumen,
Und leise schleicht der Mondenschein
In Dralles Garten sich herein. –

Von seinem Dämmerlicht beschienen,
In Gras und Blüten, summen Bienen.
Die feiern heut bei des Mais Beginn
Das Hochzeitsfest der Königin.

Schon sitzen im hohen Rosensaal
Die Königin und der Prinzgemahl.

Sie winkt – da schießet mit Getos
Der Bombardör den Böller los.

Zing, zing! Traromm! – Und auf der Stelle
Ertönen die Klänge der Hofkapelle.

Die Fliege blus Trompete,
Der Mück Klarinette,
Die Hummel die Trummel,
Der Heuschreck die Geigen;
Das gab fürwahr einen lustigen Reigen. –

Schau! Holzbock, der Lange,
Ist eifrig im Gange
Mit Bienenlieschen
Auf zierlichen Füßchen –

Und da der Kleine
Mit Minchen, dem Bienchen,
Rührt auch die Beine. –
Und seht mir nur das nette Trinchen!

Da macht ja wohl Herr Schröter
Den angenehmen Schwerenöter!

Im Apfelbaum sitzt auch der Mond
Und hat dem Feste beigewohnt. –

Nun waren da auch zwei Maienkäfer,
Recht nette Bübchen,
Doch blöde Schäfer;
Die rauchen und trinken im Nebenstübchen,

Bis daß sie im nassen Grase liegen
Und können nicht mehr nach Hause fliegen.
– Der Wächter Schuhu findet sie.
Er spricht: ,,Aha, das sind ja die!! –
Schon wieder mal!!" –

Und bringt sie in sein Wachtlokal.

Der Mond, der auch nicht recht mehr munter,
Hüllt sich in Wolken und geht unter.

Die Knopp-Trilogie

Abenteuer eines Junggesellen
Herr und Frau Knopp
Julchen

Abenteuer eines Junggesellen

Die Sache wird bedenklich

Sokrates, der alte Greis,
Sagte oft in tiefen Sorgen:
„Ach, wieviel ist doch verborgen,
Was man immer noch nicht weiß."
Und so ist es. – Doch indessen
Darf man eines nicht vergessen;
Eines weiß man doch hinieden,
Nämlich, wenn man unzufrieden. –

Dies ist auch Tobias Knopp,
Und er ärgert sich darob.

Seine zwei Kanarienvögel,
Die sind immer froh und kregel,

Während ihn so manches quält,
Weil es ihm bis dato fehlt.
Ja, die Zeit entfliehet schnell;
Knopp, du bist noch Junggesell! –
Zwar für Stiefel, Bett, Kaffee
Sorgt die gute Dorothee;
Und auch, wenn er dann und wann
Etwas nicht alleine kann,

Ist sie gleich darauf bedacht,
Daß sie es zurechte macht.
Doch ihm fehlt Zufriedenheit. –

Nur mit großer Traurigkeit
Bleibt er vor dem Spiegel stehn,
Um sein Bildnis zu besehn.

Vornerum ist alles blank;
Aber hinten, Gott sei Dank,
Denkt er sich mit frohem Hoffen,

Wird noch manches angetroffen.
Oh, wie ist der Schreck so groß!
Hinten ist erst recht nichts los;
Und auch hier tritt ohne Frage
Nur der pure Kopf zutage. –

Auch bemerkt er außerdem,
Was ihm gar nicht recht bequem,
Daß er um des Leibes Mitten
Längst die Wölbung überschritten,
Welche für den Speiseschlauch,
Bei natürlichem Gebrauch,
Wie zum Trinken, so zum Essen,
Festgesetzt und abgemessen. –
Doch es bietet die Natur
Hierfür eine sanfte Kur.
Draußen, wo die Blumen sprießen,
Karelsbader Salz genießen
Und melodisch sich bewegen
Ist ein rechter Himmelssegen;
Und es steigert noch die Lust,
Wenn man immer sagt: Du mußt.

Knopp, der sich dazu entschlossen,

Wandelt treu und unverdrossen.

Manchmal bleibt er sinnend stehn;

Manchmal kann ihn keiner sehn.

Aber bald so geht er wieder
Treu beflissen auf und nieder. –

Dieses treibt er vierzehn Tage;
Darnach steigt er auf die Waage;
Und da wird es freudig kund:
Heißa, minus zwanzig Pfund!

Wieder schwinden vierzehn Tage,
Wieder sitzt er auf der Waage,
Autsch, nun ist ja offenbar
Alles wieder, wie es war.

Ach, so denkt er, diese Welt
Hat doch viel, was nicht gefällt.
Rosen, Tanten, Basen, Nelken
Sind genötigt zu verwelken;

Ach, und endlich auch durch mich
Macht man einen dicken Strich.
Auch von mir wird man es lesen:
Knopp war da und ist gewesen.
Ach, und keine Träne fließt
Aus dem Auge, was es liest:
Keiner wird, wenn ich begraben,
Unbequemlichkeiten haben;
Keine Seele wird geniert,
Weil man keinen Kummer spürt.
Dahingegen spricht man dann:
Was geht dieser Knopp uns an?

Dies mag aber Knopp nicht leiden.
Beim Gedanken, so zu scheiden
In ein unverziertes Grab,
Drückt er eine Träne ab.
Sie liegt da, wo er gesessen,
Seinem Schmerze angemessen.

Dieses ist ja fürchterlich.
Also, Knopp, vermähle dich.
Mach dich auf und sieh dich um,
Reise mal 'n bissel 'rum.
Sieh mal dies, und sieh mal das,
Und paß auf, du findest was.

Einfach ist für seine Zwecke
Das benötigte Gepäcke;
Und die brave Dorothee
Ruft: „Herr Knopp, nanu adje!"

Eine alte Flamme

Allererst und alsofort
Eilet Knopp an jenen Ort,
Wo sie wohnt, die Wohlbekannte,
Welche sich Adele nannte;
Jene reizende Adele,
Die er einst mit ganzer Seele
Tiefgeliebt und hochgeehrt,
Die ihn aber nicht erhört,

So daß er, seit dies geschah,
Nur ihr süßes Bildnis sah.
Transpirierend und beklommen
Ist er vor die Tür gekommen,
Oh, sein Herze klopft so sehr,
Doch am Ende klopft auch er.

„Himmel", ruft sie, „welches Glück!"
(Knopp sein Schweiß, der tritt zurück.)

„Komm, geliebter Herzensschatz,
Nimm auf der Berschäre Platz!

Nur an dich bei Tag und Nacht,
Süßer Freund, hab' ich gedacht.

Unaussprechlich inniglich,
Freund und Engel, lieb ich dich!"
Knopp, aus Mangel an Gefühl,
Fühlt sich wieder äußerst schwül;

Doch in dieser Angstsekunde
Nahen sich drei fremde Hunde.

„Hilfe, Hilfe!" ruft Adele.
„Hilf, Geliebter meiner Seele!"

Knopp hat keinen Sinn dafür.
Er entfernt sich durch die Tür. –
Schnell verläßt er diesen Ort
Und begibt sich weiter fort.

Ein schwarzer Kollege

Knopp verfügt sich weiter fort
Bis an einen andern Ort.
Da wohnt einer, den er kannte,
Der sich Förster Knarrtje nannte. –

Unterwegs bemerkt er bald
Eine schwärzliche Gestalt,

Und nun biegt dieselbe schräg
Ab auf einen Seitenweg.

Sieh, da kommt ja Knarrtje her!
,,Alter Knopp, das freut mich sehr!“

Traulich wandeln diese zwei
Nach der nahen Försterei.

,,So, da sind wir, tritt hinein;
Meine Frau, die wird sich freun!“

,,He, zum Teufel, was ist das?
Allez, Waldmann, allez faß!

Oh, du du verruchtes Weib,
Jetzt kommt Knarrtje dir zu Leib!“

Knopps Vermittlung will nicht glücken.
Wums! Da liegt er auf dem Rücken.

Schnell verläßt er diesen Ort
Und begibt sich weiter fort.

Rektor Debisch

Knopp begibt sich weiter fort
Bis an einen andern Ort.
Da wohnt einer, den er kannte,
Der sich Rektor Debisch nannte.

Er erteilte seinem Sohn
Eben eine Lektion,

Die er aber unterbricht,
Als er Knopp zu sehen kriegt.

Zu dem Sohne spricht er dann:
„Kuno, sag ich, sieh mich an!
Höre zu und merke auf!
Richte itzo deinen Lauf
Dahin, wo ich dir befehle,
Nämlich in die Kellerhöhle.

Dorten lieget auf dem Stroh
Eine Flasche voll Bordeaux.
Diese Flasche, sag ich dir,
Zieh herfür und bringe mir.“

Kuno eilet froh und prompt,
Daß er in den Keller kommt,

Wo er still und wohlgemut
Etwas von dem Traubenblut
In sich selbst hinüberleitet,
Was ihm viel Genuß bereitet.

Die dadurch entstandne Leere
Füllt er an der Regenröhre.

Rotwein ist für alte Knaben
Eine von den besten Gaben:

Gern erhebet man das Glas.
Aber Knopp, der findet was.

„Ei“, spricht Debisch, „dieses ist
Sozusagen Taubenmist.

Ei, wie käme dieses dann?
Kuno, sag ich, sieh mich an!“

Drauf nach diesem strengen Blick
Kommt er auf den Wein zurück.

Aber Knopp verschmäht das Glas,
Denn schon wieder sieht er was.

„Dies“, spricht Debisch, „scheint mir ein
Neugeborner Spatz zu sein.

Ei, wie käme dieses dann?
Kuno, sag ich, sieh mich an!
Deiner Taten schwarzes Bild
Ist vor meinem Blick enthüllt;

Und nur dieses sage ich:
Pfui, mein Sohn, entferne dich!“
Das ist Debisch sein Prinzip:
Oberflächlich ist der Hieb.
Nur des Geistes Kraft allein
Schneidet in die Seele ein.

Knopp vermeidet diesen Ort
Und begibt sich weiter fort.

Ländliches Fest

Knopp begibt sich weiter fort
Bis an einen andern Ort.
Da wohnt einer, den er kannte,
Der sich Meister Druff benannte.
Druff hat aber diese Regel:
Prügel machen frisch und kregel

Und erweisen sich probat
Ganz besonders vor der Tat.
Auch zum heut'gen Schützenfeste
Scheint ihm dies für Franz das beste.

Drum hört Knopp von weitem schon
Den bekannten Klageton.

Darnach wandelt man hinaus
Schön geschmückt zum Schützenhaus. –

Gleich verschafft sich hier der Franz
Eines Schweines Kringelschwanz,
Denn er hat es längst beachtet,
Daß der Wirt ein Schwein geschlachtet;

Und an Knoppens Fracke hing
Gleich darauf ein krummes Ding. –

Horch, da tönet Horngebläse,
Und man schreitet zur Française.

Keiner hat so hübsch und leicht
Sich wie unser Knopp verbeugt;

Keiner weiß sich so zu wiegen
Und den Tönen anzuschmiegen;

Doch die höchste Eleganz
Zeiget er im Solotanz.

Hoch erfreut ist jedermann,
Daß Herr Knopp so tanzen kann.
Leider ist es schon vorbei.
Und er schreitet stolz und frei

Wiederum zu seinem Tische,

Daß er etwas sich erfrische.

Rums! – Der Franz entfernt die Bank,
So daß Knopp nach hinten sank! –

Zwar er hat sich aufgerafft,
Aber doch nur mangelhaft.

Und er fühlt mit Angst und Beben:
Knopp, hier hat es Luft gegeben! –

Schnell verläßt er diesen Ort
Und begibt sich weiter fort.

Die stille Wiese

Knopp begibt sich weiter fort
Bis an einen stillen Ort.

Hier auf dieser Blumenwiese,
Denn geeignet scheinet diese,

Kann er sich gemütlich setzen,
Um die Scharte auszuwetzen

Und nach all den Angstgefühlen
Sich ein wenig abzukühlen.
Hier ist alles Fried und Ruh.
Nur ein Häslein schauet zu.

Sieh, da kommt der Bauer Jochen.
Knopp hat sich nur leicht verkrochen,

Doch mit Jochen seiner Frau
Nimmt er es schon mehr genau.

Kurz war dieser Aufenthalt.
Und mit Eifer alsobald
Richtet Knopp sein Augenmerk
Auf das angefangne Werk. –
Kaum hat er den Zweck erreicht,
Wird er heftig aufgescheucht,

Und es zeigt sich, ach herrje,
Jetzt sind Damen in der Näh'.
Plumps! – Man kommt. – Indes von Knopp

Sieht man nur den Kopf, gottlob! –

Wie erschrak die Gouvernante,
Als sie die Gefahr erkannte.

Ängstlich ruft sie: ,,Oh, mon dieu!
C'est un homme, fermez les yeux!"

Knopp, auf möglichst schnelle Weise,
Schlüpfet in sein Beingehäuse.

Dann verläßt er diesen Ort
Und begibt sich weiter fort.

Babbelmann

Knopp begibt sich weiter fort
Bis an einen andern Ort.

Da wohnt einer, den er kannte,
Der sich Babbelmann benannte,
Der ihm immer so gefallen
Als der Lustigste von allen.

Schau, da tritt er aus der Tür.
,,Na", ruft Knopp, ,,jetzt bleib ich hier!"

Worauf Babbelmann entgegnet:
,,Werter Freund, sei mir gesegnet!

Erstens in betreff Logis,
Dieses gibt es nicht allhie,
Denn ein Pater hochgelehrt
Ist soeben eingekehrt.

Zweitens dann: Für Essen, Trinken
Seh ich keine Hoffnung blinken.
Heute mal wird nur gebetet,
Morgen wird das Fleisch getötet,
Übermorgen beichtet man,
Und dann geht das Pilgern an.

Ferner drittens, teurer Freund –
Pst! –, denn meine Frau erscheint!"

Knopp, dem dieses ungelegen,
Wünscht Vergnügen, Heil und Segen
Und empfiehlt sich alsobald
Äußerst höflich, aber kalt. –

Schnelle flieht er diesen Ort
Und begibt sich weiter fort.

Wohlgemeint wird abgelehnt

Knopp verfügt sich weiter fort
Bis an einen andern Ort.
Da wohnt einer, den er kannte,
Der sich Küster Plünne nannte.

Knopp, der tritt durchs Gartengatter.
Siehe, da ist Hemdgeflatter,
Woraus sich entnehmen läßt;
Plünnens haben Waschefest.

Dieses findet Knopp bekräftigt
Dadurch, wie der Freund beschäftigt.

Herzlich wird er aufgenommen.
Plünne rufet: ,,Ei, willkommen!

Gleich besorg ich dir zu essen,
Halte mal das Kind indessen.“

Knopp ist dieses etwas peinlich.
Plünne machet alles reinlich.

Knopp, der fühlt sich recht geniert.
Plünne hat derweil serviert.

Jetzt eröffnet er das Bette
Der Familienlagerstätte.
In dem Bette, warm und schön,
Sieht man eine Schale stehn.

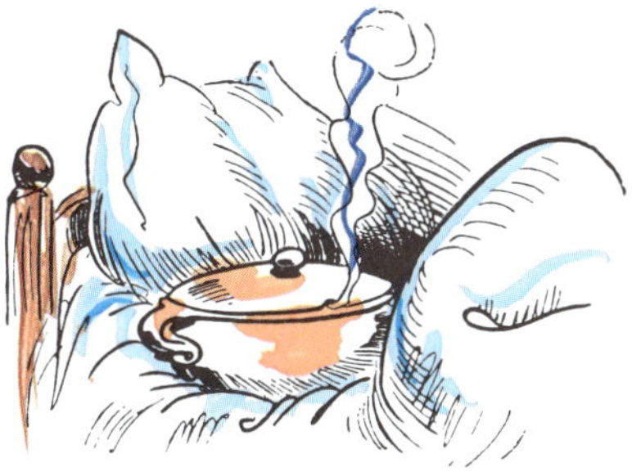

Nämlich dieses weiß ein jeder:
Wärmehaltig ist die Feder.
Hat man nun das Mittagessen
Nicht zu knappe zugemessen,
Und, gesetzt den Fall, es wären
Von den Bohnen oder Möhren
Oder, meinetwegen, Rüben
Ziemlich viel zurückgeblieben,
Dann so ist das allerbeste,
Daß man diese guten Reste
Aufbewahrt in einem Hafen,
Wo die guten Eltern schlafen,
Weil man, wenn der Abend naht,
Dann sogleich was Warmes hat.
Diese praktische Methode
Ist auch Plünnens ihre Mode.

„So“, ruft Plünne, „Freund, nanu,
Setz dich her und lange zu.“

Knopp hat aber, wie man sieht,
Keinen rechten Appetit.

Schnell verläßt er diesen Ort
Und begibt sich weiter fort.

Freund Mücke

Knopp begibt sich weiter fort
Bis an einen andern Ort.
Da wohnt einer, den er kannte,
Welcher Mücke sich benannte.

Wie es scheint, so lebt Herr Mücke
Mit Frau Mücke sehr im Glücke.
Eben hier, bemerken wir,
Küßt er sie und spricht zu ihr:
„Also, Schatz, ade derweil!
Ich und Knopp, wir haben Eil.

Im historischen Verein
Wünscht er eingeführt zu sein.“

Bald so öffnet sich vor ihnen
Bei der Kirche der Kathrinen
Im Hotel zum blauen Aal
Ein gemütliches Lokal.

Mücke scheinet da nicht fremd,
Er bestellt, was wohlbekömmt.

Junge Hähnchen, sanft gebraten,
Dazu kann man dringend raten,

Und man darf getrost inzwischen
Etwas Rheinwein drunter mischen.

Nötig ist auf alle Fälle,
Daß man dann Mussö bestelle.

Nun erfreut man sich selbdritt,
Denn Kathinka trinket mit! –

„So, jetzt wären wir soweit,
Knopp, du machst wohl Richtigkeit."

Lustig ist man fortspaziert
Zum Hotel, wo Knopp logiert.

Heftig bollert man am Tor,
Der Portier kommt nicht hervor.

„Komm", ruft Mücke, „Knopp, komm hier,
Du logierst die Nacht bei mir!"

Schwierig, aus verschiednen Gründen,
Ist das Schlüsselloch zu finden.

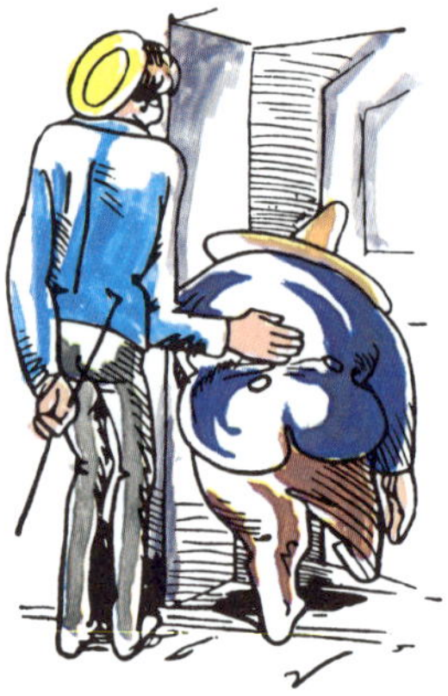

So, so, so! Jetzt nur gemach,
Tritt hinein, ich komme nach.

Knopp schiebt los. Indessen Mücke
Bleibt mit Listigkeit zurücke.

Schrupp! – Wie Knopp hineingekommen,
Wird er an die Wand geklommen.

„Wart!“ ruft Mückens Ehgemahl.
„Warte, Lump, schon wieder mal!“
Weil sie ihn für Mücken hält,
Hat sie ihm so nachgestellt.

Hei! Wie fühlt sich Knopp erfrischt,
Als der Besen saust und zischt.

Bums! Er fällt in einen Kübel,
Angefüllt mit dem, was übel.

Oh, was macht der Besenstiel
Für ein schmerzliches Gefühl!

Und als regellose Masse
Findet Knopp sich auf der Gasse.

Schnell verläßt er diesen Ort
Und begibt sich weiter fort.

Ein frohes Ereignis

Knopp verfügt sich weiter fort
Bis an einen andern Ort.
Da wohnt einer, den er kannte,
Der sich Sauerbrot benannte.

Sauerbrot, der fröhlich lacht,
Hat sich einen Punsch gemacht.

„Heißa!“ rufet Sauerbrot.
„Heißa! Meine Frau ist tot!!

Hier in diesem Seitenzimmer
Ruhet sie bei Kerzenschimmer.

Heute stört sie uns nicht mehr,
Also, Alter, setz dich her,

Nimm das Glas und stoße an,
Werde niemals Ehemann,
Denn als solcher, kann man sagen,
Muß man viel Verdruß ertragen.

Kauf Romane und Broschüren,
Zahle Flechten und Turnüren,
Seidenkleider, Samtjacketts,
Zirkus- und Konzertbilletts –
Ewig hast du Nöckerei.
Gott sei Dank, es ist vorbei!“

Es schwellen die Herzen,
Es blinkt der Stern.
Gehabte Schmerzen,
Die hab ich gern.

Knarr! – Da öffnet sich die Tür,
Wehe! Wer tritt da herfür?
Madam Sauerbrot, die schein-
Tot gewesen, tritt herein.

Starr vor Schreck wird Sauerbrot,
Und nun ist er selber tot. –

Knopp vermeidet diesen Ort
Und begibt sich eilig fort.

O WEH!

Knopp verfügt sich weiter fort
Bis an einen andern Ort.
Da wohnt einer, den er kannte,
Welcher Piepo sich benannte. –

Aus dem Garten tönt Gelächter.
Piepo ist's und seine Töchter.

„Dies, mein lieber Knopp, ist Hilda.
Dort die ältre heißt Klotilda
Hilda hat schon einen Freier,
Morgen ist Verlobungsfeier,
Doch Klotilda, ei ei ei,
Die ist noch bis dato frei.“ –

Oh, wie ist der Abend milde!
Knopp der wandelt mit Klotilde,
Die ihm eine Rose pflückt. –
Und er fühlt es tief beglückt:
Knopp, in diesem Augenblick,
Da erfüllt sich dein Geschick. –

Drauf hat Piepo ihn geleitet,
Wo sein Lager zubereitet.
„Hier“, so spricht er, „dieser Saal
Ist für morgen Festlokal.

Hier zur Rechten ist die Klause,
Stillberühmt im ganzen Hause;

Und hier links, da schlummerst du.
Wünsche recht vergnügte Ruh!“

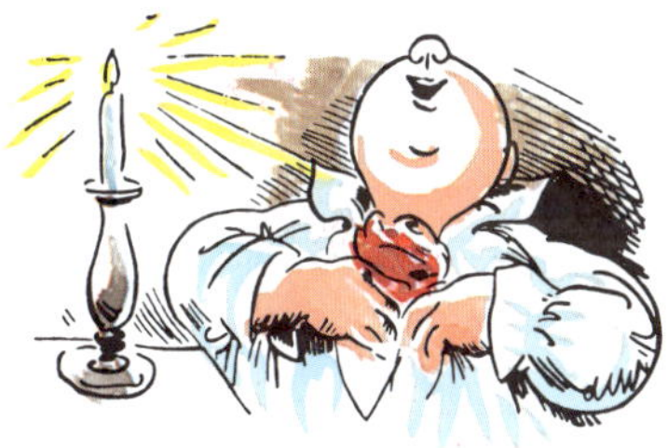

Knopp ist durch und durch Gedanke
An Klotilde, jene Schlanke,
Und er drückt in süßem Schmerz
Ihre Rose an sein Herz.
„O Klotilde, du allein
Sollst und mußt die Meine sein.“ –

Darauf ist ihm so gewesen:
Knopp, du mußt noch etwas lesen. –
Gern erfüllt er sein Verlangen;
Still ist er hinausgegangen
Und bei seiner Kerze Strahl
Hingewandelt durch den Saal. –
Oftmals kann man müde sein,
Setzt sich hin und schlummert ein. –

Erst des Morgens so um achte,
Als die Sonne freundlich lachte,
Dachte Knopp an sein Erwachen. –
Er erwacht durch frohes Lachen. –
Dieses tut die Mädchenschar,
Welche schon beschäftigt war,
Um an dieses Festes Morgen
Für des Saales Schmuck zu sorgen. –
Ewig kannst du hier nicht sein,
Denket Knopp voll Seelenpein.

Und so strömt er wohlverdeckt
Da hervor, wo er gesteckt.
Groß ist seines Laufes Schnelle;

Aber ach, die Kammerschwelle
Ist ihm äußerst hinderlich.
Hopsa! – Er entblättert sich. –

Heimlich flieht er diesen Ort
Und begibt sich weiter fort.

Abschreckendes Beispiel

Knopp begibt sich eilig fort
Bis zum höchsten Bergesort.

Hier in öder Felsen Ritzen
Sieht er einen Klausner sitzen.

Dieser Klausner alt und greis
Tritt aus seinem Steingehäus.
Und aus Knoppen seiner Tasche
Hebt er ernst die Wanderflasche.

„Ich", so spricht er, „heiße Krökel,
Und die Welt ist mir zum Ekel.

Alles ist mir einerlei.
Mit Verlaub! Ich bin so frei.

O ihr Bürsten, o ihr Kämme,
Taschentücher, Badeschwämme,
Seife und Pomadenbüchse,
Strümpfe, Stiefel, Stiefelwichse,
Hemd und Hose, alles gleich,
Krökel, der verachtet euch.

Mir ist alles einerlei.
Mit Verlaub, ich bin so frei.

O ihr Mädchen, o ihr Weiber,
Arme, Beine, Köpfe, Leiber,
Augen mit den Feuerblicken,
Finger, welche zärtlich zwicken,
Und was sonst für dummes Zeug –
Krökel, der verachtet euch.

Mir ist alles einerlei.
Mit Verlaub, ich bin so frei.

Nur die eine, himmlisch Reine,
Mit dem goldnen Heilgenscheine
Ehre, liebe, bet' ich an;
Dich, die keiner kriegen kann,
Dich, du süße, ei jaja,
Heil'ge Emerentia.

Sonst ist alles einerlei.
Mit Verlaub, ich bin so frei."

Hiermit senkt der Eremit
Sich nach hinten. – Knopp entflieht. –

Knopp, der denkt sich: Dieser Krökel
Ist ja doch ein rechter Ekel;
Und die Liebe per Distanz,
Kurz gesagt, mißfällt mir ganz.

Schnell verlassend diesen Ort,
Eilet er nach Hause fort.

Heimkehr und Schluss

Knopp, der eilt nach Hause fort,
Und, sieh da, schon ist er dort.

Grade lüftet seine nette,
Gute Dorothee das Bette.

„Mädchen", spricht er, „sag mir, ob . . . "
Und sie lächelt: „Ja, Herr Knopp!"

Bald so wird es laut verkündet:
Knopp hat ehlich sich verbündet,

TOBIAS KNOPP
DOROTHEA LICKEFETT

Erst nur flüchtig und zivil,
Dann mit Andacht und Gefühl. –

Na, nun hat er seine Ruh.
Ratsch! – Man zieht den Vorhang zu.

Herr und Frau Knopp

Ermahnungen und Winke

O wie lieblich, o wie schicklich,
Sozusagen herzerquicklich,
Ist es doch für eine Gegend,
Wenn zwei Leute, die vermögend,
Außerdem mit sich zufrieden,
Aber von Geschlecht verschieden,
Wenn nun diese, sag ich, ihre
Dazu nötigen Papiere,
So wie auch die Haushaltssachen
Endlich mal in Ordnung machen
Und in Ehren und beizeiten
Hin zum Standesamte schreiten,
Wie es denen, welche lieben,
Vom Gesetze vorgeschrieben,
Dann ruft jeder freudiglich:
„Gott sei Dank, sie haben sich!"
Daß es hierzu, aber endlich
Kommen muß, ist selbstverständlich. –
Oder liebt man Pfänderspiele?
So was läßt den Weisen kühle.
Oder schätzt man Tanz und Reigen?
Von Symbolen laßt uns schweigen.
Oder will man unter Rosen
Innig miteinander kosen? –
Dies hat freilich seinen Reiz;
Aber elterlicherseits
Stößt man leicht auf so gewisse
Unbequeme Hindernisse,
Und man hat, um sie zu heben,
Als verlobt sich kundzugeben. –
Das ist allerdings was Schönes;
Dennoch mangelt dies und jenes.
Traulich im Familienkreise
Sitzt man da und flüstert leise,
Drückt die Daumen, küßt und plaudert,
Zehne schlägt's, indes man zaudert,
Mutter strickt und Vater gähnt,
Und, eh' man was Böses wähnt,
Heißt es: „Gute Nacht, bis morgen!"
Tief im Paletot verborgen,
Durch die schwarzen, nassen Gassen,
Die fast jeder Mensch verlassen,
Strebt man unmutvoll nach Hause
In die alte, kalte Klause,
Wühlt ins Bett sich tief und tiefer,
Schnatteratt! So macht der Kiefer,
Und so etwa gegen eine
Kriegt man endlich warme Beine.
Kurz, Verstand sowie Empfindung
Dringt auf ehliche Verbindung. –

Dann wird's aber auch gemütlich.
Täglich, ständlich und minütlich
Darf man nun vereint zu zween
Arm in Arm spazierengehen;
Ja, was irgend schön und lieblich,
Segensreich und landesüblich
Und ein gutes Herz ergetzt,
Prüft, erfährt und hat man jetzt.

Ehliche Ergötzlichkeiten

Ein schönes Beispiel, daß obiges wahr,
Bieten Herr und Frau Knopp uns dar.

Hier ruht er mit seiner getreuen Dorette
Vereint auf geräumiger Lagerstätte.

Früh schon erhebt man die Augenlider,
Lächelt sich an und erkennt sich wieder,

Um alsobald mit einem süßen
Langwierigen Kusse sich zu begrüßen.

Knopp aber, wie er gewöhnlich pflegt,
Ist gleich sehr neckisch aufgelegt.
Ganz unvermutet macht er: Kieks!
Hierauf erhebt sich ein lautes Gequieks.

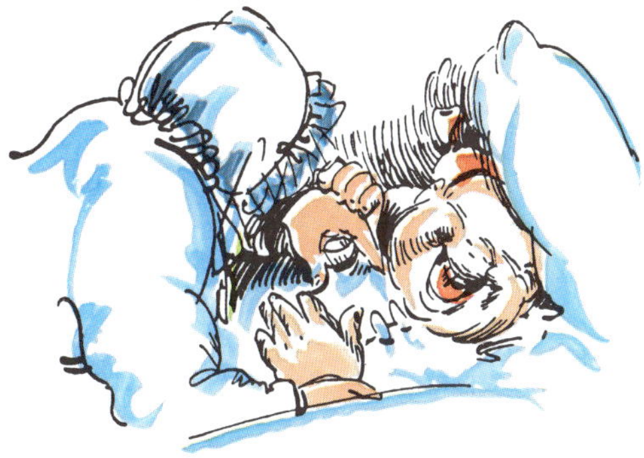

Dorette dagegen weiß auch voll List,
Wo Knopp seine lustige Stelle ist.
Nämlich er hat sie unten am Hals.
Kiewieks! Jetzt meckert er ebenfalls.

Nun freilich möchte sich Knopp erheben
Und schnell vom Lager hinweg begeben,
Wird aber an seines Kleides Falten
Spiralenförmig zurückgehalten.

Husch, er nicht faul, eh' man sich's denkt,
Hat sich nach hinten herumgeschwenkt
Und unter die Decke eingebohrt,
Wo man recht fröhlich herumrumort. –

Nach diesen gar schönen Lustbarkeiten
Wird's Zeit, zur Toilette zu schreiten.
Gern wendet Frau Doris anitzo den Blick
Auf Knopp sein Beinbekleidungsstück,
Welches ihr immer besonders gefiel
Durch Ausdruck und wechselndes Mienenspiel.

Bald schaut's so drein mit Grimm und Verdruß,

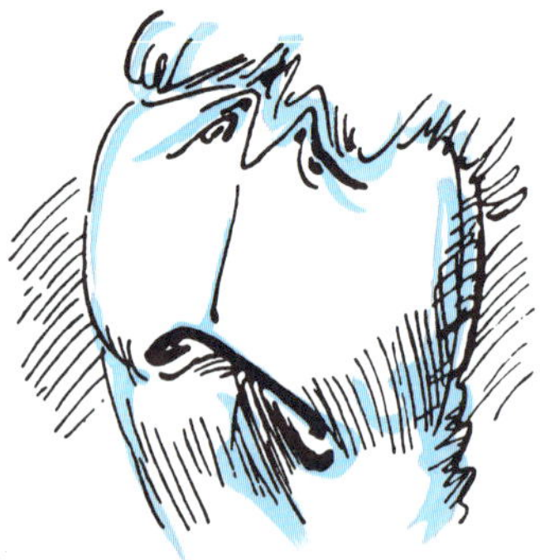

Bald voller Gram und Bekümmernus.

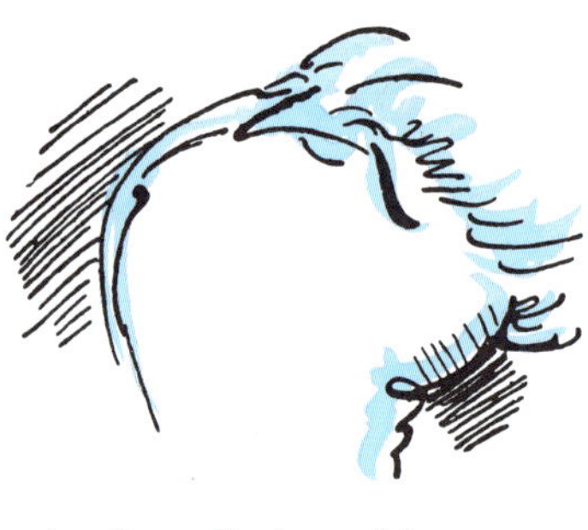

Bald zeigt dies edle Angesicht
Nur Stolz und kennt keinen Menschen nicht.

Aber bald schwindet der Übermut;
Es zeigt sich von Herzen sanft und gut,

Und endlich nach einer kurzen Zeit
Strahlt es in voller Vergnüglichkeit. –
Dorettens Freude hierüber ist groß.
Knopp aber ist auch nicht freudenlos;
Denn ihm lächelt friedlich und heiter,
Nach unten spitzig, nach oben breiter,
Weißlich blinkend und blendend schön,
Ein hocherfreuliches Phänomen.

Besonders zeigt sich dasselbe beim Sitzen,
In der Mädchensprache heißt man's: Blitzen.

„Madam, es blitzt!“ ruft Knopp und lacht.
Schlupp! wird die Sache zugemacht.

Der alte Junge hat's gut

Die Frühstückszeit hat Knopp vor allen,
Weil sehr behaglich, sehr gefallen.

Nachdem die Liese aufgetischt,

Hat Doris ihm den Trank gemischt.

Und außerdem genießt er heute
Noch eine ganz besondre Freude.
Frau Doris schenkt ihm eine Mütze,
Die rings mit Perlen und mit Litze
In Form von einem Kranz der Reben
Gar schön umwunden und umgeben.

Sehr freut ihn dieser Kopfbehälter,
Denn nach Micheli wird es kälter
Und weht schon oft ein herber Hauch,
Und außerdem verziert es auch.

Stolz sitzt er da auf seinem Sitze;
Das Haupt verschönt die Morgenmütze;
Die Pfeife ist ihm Hochgenuß,
Und Doris hält den Fidibus.

Schnell flieht der Morgen. – Unterdessen
Bereitet man das Mittagessen. –
Was dies betrifft, so muß man sagen,
Kann Knopp sich wirklich nicht beklagen.
Zum Beispiel könnt' er lange suchen
Nach solchem guten Pfannekuchen.
Hierin ist Doris ohne Fehl.
Stets nimmt sie einen Löffel Mehl,
Die nöt'ge Milch, dazu drei Eier,
Ja vier sogar, wenn sie nicht teuer,
Quirlt dies sodann und backt es braun,
Mit Sorgfalt und mit Selbstvertraun;

Und jedesmal spricht Knopp vergnüglich:
„Der Pfannekuchen ist vorzüglich!"

Oh, wie behaglich kann er nun
An Doris' treuem Busen ruhn.

Gern hat er hierbei auf der Glatze
Ein loses leises Kribbelkratze.
So schläft er mit den Worten ein:
„Wie schön ist's, Herr Gemahl zu sein!"

Ein Missgriff

Der Samstag ist meistens so ein Tag,
Den der Vater nicht leiden mag.
Es wirbelt der Staub, der Besen schwirrt,
Man irrt umher und wird verwirrt. –

Hier oben auf der Fensterbank
Steht Liese und macht die Scheiben blank.

Knopp, welcher seine Pfeife vermißt,
Und gar nicht weiß, wo sie heute ist,
Schweift sorgenschwer im Haus umher,
Ob sie nicht wo zu finden wär'.

Er denkt: Wo mag die Pfeife sein?
Und zwickt der Liese ins Bein hinein.

Obgleich dies nur ganz unten geschehen,
Frau Doris hat es nicht gern gesehen.
Sie ruft: „Das bitt' ich mir aber aus!
Abscheuliches Mädchen, verlasse das Haus!“

So wären denn Knoppens also mal
Ohne weibliches Dienstpersonal,
Und morgens in früher Dämmerung
Hat Knopp eine schöne Beschäftigung. –

Alsbald so steht es im Wochenblatt,
Daß man Bedienung nötig hat.
Infolgedessen mit sanfter Miene
Erscheint eine Jungfrau Namens Kathrine,
Welche hochheilig und teuer versprochen,
Stets fleißig zu putzen, beten, backen und kochen.
Hierin ist sie auch einerseits rühmlich,
Anderseits aber recht eigentümlich!

Erglänzt zum Beispiel am Siruptopfe
Der unvermeidliche zähe Tropfe –
Schluppdiwutsch! –, so schafft sie ihn dort
Mit schnellem Schwunge der Zunge fort.

Oder wenn sich beim Backen vielleicht
Irgendwo irgendwie irgendwas zeigt –
Schluppdiwutsch! –, sie entfernt es gleich
Durch einen doppelten Bogenstreich. –

Obschon dies sehr geschickt geschehen,
Frau Knoppen hat es nicht gern gesehen.
Sie ruft: „Das bitt' ich mir aber aus!
Abscheuliches Mädchen, verlasse das Haus!"

So wären denn Knoppens zum andern Mal
Ohne weibliches Dienstpersonal.
Knopp aber in früher Dämmerung
Hat eine schöne Beschäftigung.

Alsbald so setzt man ins Wochenblatt,
Daß man ein Mädchen nötig hat!
Hierauf erscheint nach kurzer Zeit
Eine Jungfer mit Namen Adelheid,
Welche hochheilig und teuer versprochen,
Stets fleißig zu putzen, beten, backen und kochen.
Auch kann sie dieses; und augenscheinlich
Ist sie in jeder Beziehung sehr reinlich.
Pünktlich pflegt sie und ohne Säumen
Die ehliche Kammer aufzuräumen.

Recht angenehm ist dann der Kamm,
Pomade und Seife von Madam.

Doch für die Zähne verwendet sie gern
Den Apparat des gnädigen Herrn. –
Obgleich dies zu guten Zwecken geschehen,
Frau Knoppen hat es nicht gern gesehen.
Sie ruft: „Das bitt' ich mir aber aus!
Abscheuliches Mädchen, verlasse das Haus!"

Knopp aber in früher Dämmerung
Hat eine neue Beschäftigung. –

Knopp geht mal aus

Bekanntlich möchte in dieser Welt
Jeder gern haben, was ihm gefällt.
Gelingt es dann mal dem wirklich Frommen,
An die gute Gabe dranzukommen,
Um die er dringend früh und spat
Aus tiefster Seele so inniglich bat,
Gleich steht er da, seufzt, hustet und spricht:
„Ach, Herr, nun ist es ja doch so nicht!“ –
Auch Knopp ist heute etwas ergrimmt
Und über sein ehliches Glück verstimmt.

Grad gibt es den Abend auch Frikadellen,
Die unbeliebt in den meisten Fällen.

Er lehnt sie ab mit stillem Dank,
Zieht seinen Frack aus dem Kleiderschrank,

Und, ohne sich weiter an was zu kehren,
Wandelt er trotzig zum Goldenen Bären!

„Potztausend, also auch mal hier!“
So rufen freudig beim Öffnen der Tür
Der kunstreiche Doktor Pelikan
Und Bello, der Förster und Jägersmann.

Knopp aber redet nicht eben viel;
Hat auch nicht Lust zum Solospiel;

Sondern tief in sich selbst gekehrt,
Hat er sein Schöppchen Bier geleert.

Punkt zehn Uhr schließt er die Rechnung ab

Und begibt sich nach Haus in gelindem Trab.

Unfreundlicher Empfang

Grollend hat Madam soeben
Sich bereits zur Ruh begeben.

Freundlich naht sich Knopp und bang –

„Bäh!“ Nicht gut ist der Empfang.

Demutsvoll und treu und innig
Spricht er: „Doris, schau, da bin ich!“

Aber heftig stößt dieselbe –
Bubb! – ihn auf sein Leibgewölbe.

Dieses hat ihn sehr verdrossen.
Tief gekränkt, doch fest entschlossen.
Schreitet er mit stolzem Blick
Wieder ins Hotel zurück.

Heissa, jetzt ist Knopp dabei,
Kartenspiel und was es sei.

Elfe, zwölfe schlägt die Glocke;
Man genießt verschiedne Grocke.

Dreimal kräht des Hauses Hahn,
Bis der letzte Trunk getan.

Heimkehr

Knopp ist etwas schwach im Schenkel,
Drum so führt man ihn am Henkel.

Glücklich hat es sich getroffen,
Daß das Küchenfenster offen.

Man erhebt ihn allgemach,
Und dann schiebt man etwas nach.

Düster ist der Küchenraum;

Platsch! Man fällt und sieht es kaum.

Ratsam ist es, nachzuspähen,

Wo die Schwefelhölzer stehen.

Kracks! Da stößt das Nasenbein
Auf den offnen Küchenschrein.

Peinlich ist ihm das Gefühl;

Aber er verfolgt sein Ziel.

Oha! – Wieder geht er irr.
Dieses ist das Milchgeschirr.

Dies dagegen ist die volle

Sanftgeschmeid'ge Butterstolle.

Doch hier hinten in der Ecke
Kommt er jetzt zu seinem Zwecke.

„Autsch!“ Er schreit mit lautem Schalle
Und sitzt in der Mausefalle.

Jetzo kommt ihm der Gedanke,
Nachzuspüren auf dem Schranke.

Ach! Von Kopfe bis zu Fuß
Rinnt das gute Zwetschgenmus.

Doch zugleich mit dieser Schwärze
Kriegt er Feuerzeug und Kerze.

Freilich muß er häufig streichen,
Ohne etwas zu erreichen.

Aber endlich und zuletzt
Hat er's richtig durchgesetzt.

Jetzt zur Ruh sich zu begeben,
Ist sein sehnlichstes Bestreben.

Hier ist nun die Kammertür.
Ach, man schob den Riegel für.

Demnach muß er sich bequemen,
Auf der Schwelle Platz zu nehmen.

So ruht Knopp nach alledem
Fest, doch etwas unbequem.

Donner und Blitz

Hier sitzt Knopp am selbigen Morgen
Greulich brütend im Stuhl der Sorgen;

Tyrann vom Scheitel bis zur Zeh;
Und heftig tut ihm der Daumen weh.

Ei schau! Die Liese ist wiedergekommen!
Ist Knopp egal. Man hört ihn brommen.

Reumütig nahet Frau Doris sich.
Knopp zeigt sich als schrecklicher Wüterich.

Perdatsch! – Mit einem großen Geklirr
Entfernt er das schöne Porzlangeschirr.

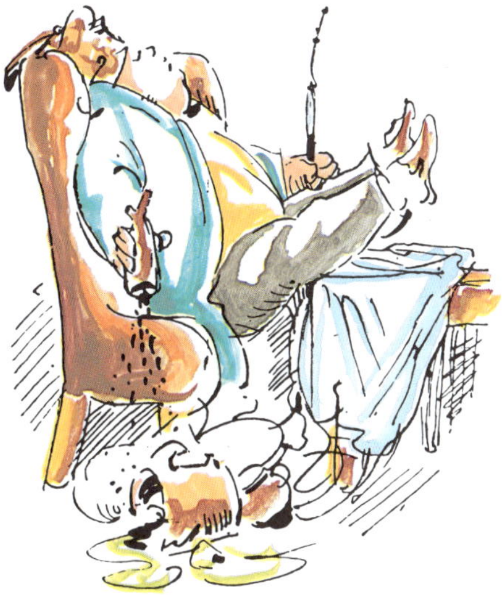

Dann klopft er über den ganzen Graus,
Ohne Rücksicht zu nehmen, die Pfeife aus.

Mit Tränen tritt Frau Doris hervor
Und sagt ihm ein leises Wörtchen ins Ohr.

Dies Wort fährt ihm wie Donner und Blitz
Durch Kopf, Herz, Leib in den Sorgensitz;

Und tief erschüttert und alsogleich
Zeigt er sich milde, gerührt und weich.

Ängstlicher Übergang und friedlicher Schluss

Wohlbekannt im ganzen Orte,
Mit der Klingel an der Pforte,
Ist die Brave, Ehrenwerte
Ofterprobte, Vielbegehrte,
Welche sich Frau Wehmut schrieb;
Und ein jeder hat sie lieb. –

Mag es regnen oder schneen,
Mag der Wind auch noch so wehen,
Oder wär sie selbst nicht munter,
Denn das kommt ja mal mitunter –
Kaum ertönt an ihrer Klingel
Das bekannte: Pingelpingel! –
Gleich so ist Frau Wehmut wach
Und geht ihrer Nahrung nach.

Heute ist sie still erschienen,
Um bei Knoppens zu bedienen.
Auf dem Antlitz Seelenruhe,
An den Füßen milde Schuhe,
Wärmt sie sorglich ihre Hände,
Denn der Sommer ist zu Ende.
Also tritt sie sanft und rein
Leise in die Kammer ein.

Auch den Doktor Pelikan
Sieht man ernstbedächtig nahn,

Und es sagt sein Angesicht:
Wie es kommt,
das weiß man nicht. –

Oh, was hat in diesen Stunden
Knopp für Sorgen durchempfunden.

Rauchen ist ihm ganz zuwider.
Seine Pfeife legt er nieder.

Ganz vergebens tief im Pult
Sucht er Tröstung und Geduld.

Oben auf dem hohen Söller,

Unten in dem tiefen Keller,
Wo er sich auch hinverfüge,
Angst verkläret seine Züge.

Ja, er greifet zum Gebet,
Was er sonst nur selten tät. –
Endlich öffnet sich die Türe,
Und es heißt: „Ich gratuliere!“
Friedlich lächelnd, voller Demut,
Wie gewöhnlich, ist Frau Wehmut. –

Stolz ist Doktor Pelikan,
Weil er seine Pflicht getan. –
Aber unser Vater Knopp
Ruft in einem fort: „Gottlob!“

Na, jetzt hat er seine Ruh. –

Ratsch! Man zieht den Vorhang zu.

Julchen

Vorbemerk

Vater werden ist nicht schwer,
Vater sein dagegen sehr.

Ersteres wird gern geübt,
Weil es allgemein beliebt.
Selbst der Lasterhafte zeigt,
Daß er gar nicht abgeneigt;
Nur will er mit seinen Sünden
Keinen guten Zweck verbinden,
Sondern, wenn die Kosten kommen,
Fühlet er sich angstbeklommen.

Dieserhalb besonders scheut
Er die fromme Geistlichkeit,
Denn ihm sagt ein stilles Grauen:
Das sind Leute, welche trauen. –

So ein böser Mensch verbleibt
Lieber gänzlich unbeweibt. –
Ohne einen hochgeschätzten
Tugendsamen Vorgesetzten
Irrt er in der Welt umher,
Hat kein reines Hemde mehr,
Wird am Ende krumm und faltig,
Grimmig, greulich, ungestaltig,
Bis ihn denn bei Nacht und Tag
Gar kein Mädchen leiden mag.

Onkel heißt er günst'gen Falles,
Aber dieses ist auch alles. –

Oh, wie anders ist der Gute!
Er erlegt mit frischem Mute
Die gesetzlichen Gebühren,
Läßt sich redlich kopulieren,
Tut im stillen hocherfreut
Das, was seine Schuldigkeit,
Steht dann eines Morgens da
Als ein Vater und Papa
Und ist froh aus Herzensgrund,
Daß er dies so gut gekunnt.

Julchen, das Wickelkind

Also, wie bereits besprochen:
Madame Knoppen ist in Wochen,
Und Frau Wehmut, welche kam
Und das Kind entgegennahm,
Rief und hub es in die Höh:
„Nur ein Mädel, ach herrje!"
(Oh, Frau Wehmut, die ist schlau;
So was weiß sie ganz genau!)

Freilich Knopp, der will sich sträuben,
Das Gesagte gleich zu gläuben;

Doch bald überzeugt er sich,
Lächelt etwas säuerlich
Und mit stillgefaßten Zügen
Spricht er: „Na, denn mit Vergnügen!"

Dieses Kind hat eine Tante,
Die sich Tante Julchen nannte;
Demnach kommt man überein,
Julchen soll sein Name sein.

Julchen, als ein Wickelkind,
Ist so, wie so Kinder sind.

Manchmal schläft es lang und feste,
Tief versteckt in seinem Neste.

Manchmal mit vergnügtem Sinn
Duselt es so für sich hin.

Manchmal aber wird es böse,
Macht ein lautes Wehgetöse
Und gibt keine Ruhe nicht,
Bis es was zu lutschen kriegt. –

Sein Prinzip ist überhaupt:
Was beliebt, ist auch erlaubt;
Denn der Mensch als Kreatur
Hat von Rücksicht keine Spur. -
O ihr, die ihr Eltern seid,
Denkt doch an die Reinlichkeit
Wahrlich, hier gebührt Frau Knopp
Preis und Ehre, Dank und Lob.

Schon in früher Morgenstund
Öffnet sie den Wickelbund,
Gleichsam wie ein Postpaket,
Worauf Knopp beiseite geht.

Mit Interesse aber sieht
Er, was fernerhin geschieht.

Macht man Julchens Nase reinlich
So erscheint ihm „dieses" peinlich.

Wie mit Puder man verfährt,
Dünkt ihm höchst bemerkenswert.

Freudevoll sind alle drei,
Wenn die Säuberung vorbei.

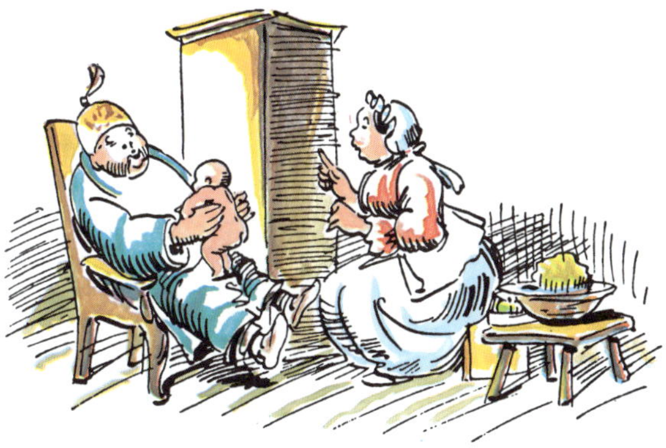

Nun mag Knopp sich gern bequemen,
Julchen auch mal hinzunehmen.
Flötend schöne Melodien,
Schaukelt er es auf den Knien.

Auf die Backe mit Genuß
Drückt er seinen Vaterkuß.

Eine unruhige Nacht

Eins, zwei, drei! Im Sauseschritt
Läuft die Zeit; wir laufen mit.

Julchen ist hübsch kugelrund
Und schon ohne Wickelbund. –

Es ist Nacht. – Frau Doris ruht,
Während Knopp das Seine tut.

Aber Julchen in der Wiegen
Will partout nicht stille liegen.
Er bedenkt, daß die Kamille
Manchmal manche Schmerzen stille.

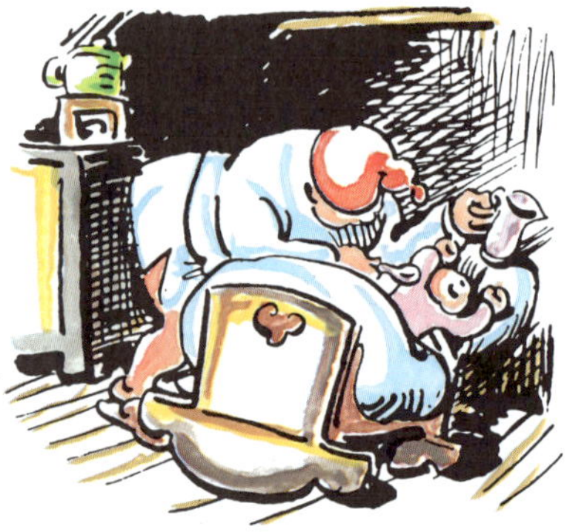

Wirkungslos ist dieser Tee.
Julchen macht: „Rabä, rabä!“

Lieber Gott, wo mag's denn fehlen?
Oder sollte sonst was quälen?

Oh, wie gern ist Knopp erbötig,
Nachzuhelfen, wo es nötig.

Aber weh, es will nicht glücken,
Und nun klopft er sanft den Rücken. –

Oder will's vielleicht ins Bette,
Wo auf warmer Liegestätte
Beide Eltern in der Näh?
Nein, es macht: „Rabä, rabä!"

Schau! Auf einmal wird es heiter. –
Knopp begibt sich eilig weiter
Und bemerkt nur dieses noch:
„Ei, potztausend! Also doch!"

Ein festlicher Morgen

Eins, zwei, drei! Im Sauseschritt
Läuft die Zeit; wir laufen mit. –

Julchen ist schon sehr verständig
Und bewegt sich eigenhändig. –

Heut ist Feiertag; und siehe!
Schon streicht Knopp in aller Frühe
Luftig losen Seifenschaum
Auf des Bartes Stachelflaum.

Heut will er zur Messe gehn,
Denn da singt man doch so schön.
Frau Dorette trägt getreu
Frauck und Biberhut herbei.

Julchen gibt indessen acht,
Was der gute Vater macht.

Bald ist seine Backe glatt,
Weil er darin Übung hat.

In die Kammer geht er nun.
Julchen macht sich was zu tun.

Gern ergreifet sie die Feder
An des Vaters Schreibkatheder

Reizend ist die Kunstfigur
Einer Ticktacktaschenuhr.

Ach herrje! Es geht klabum!
Julchen schwebt; der Stuhl fällt um.

Allerdings kriegt Julchen bloß
Einen leichten Hinterstoß,
Doch die Uhr wird sehr versehrt
Und die Tinte ausgeleert. –

Schmiegsam, biegsam, mild und mollig
Ist der Strumpf, denn er ist wollig.

Drum wird man ihn gern benutzen,
Um damit was abzuputzen. –

Wohlbesorgt ist dieses nun.
Julchen kann was andres tun.

Keine Messer schneiden besser
Wie des Vaters Putzemesser.
Wozu nützen, warum sitzen
An dem Frack die langen Spitzen?
Hier ein Schnitt und da ein Schnitt,
Ritscheratsche, weg damit. –

Wohlbesorgt ist dieses nun.
Julchen kann was andres tun. –

In des Vaters Pfeifenkopf
Setzt sich oft ein fester Pfropf,
Ja, was schlimmer, die bewußte
Alte, harte, schwarze Kruste;

Und der Raucher sieht es gerne,
Daß man sie daraus entferne.
Wohlbesorgt ist dieses nun.
Julchen kann was andres tun. –

Stattlich ist der Biberhut;
Manchmal paßt er nur nicht gut.

Niemals soll man ihn benützen,
Um bequem darauf zu sitzen.

Seht, da kommt der Vater nun,
Um den Frack sich anzutun.

Schmerzlich sieht er, was geschehn,
Und kann nicht zur Messe gehn.

Böse Knaben

Eins, zwei drei! Im Sauseschritt
Läuft die Zeit; wir laufen mit. –

Unsre dicke, nette Jule
Geht bereits schon in die Schule,

Und mit teilnahmsvollem Sinn
Schaut sie gern nach Knaben hin

Einer, der ihr nicht gefiel,
Das ist Dietchen Klingebiel.

Ferdinandchen Mickefett
Scheint ihr nicht besonders nett.

Peter Sutitt, frech und dick,
Hat natürlich auch kein Glück.

Försters Fritze, blond und kraus,
Ja, der sieht schon besser aus.

Keiner kann wie er so schön
Grade auf dem Kopfe stehn;

Und das Julchen lacht und spricht:
,,So wie Fritze könnt ihr's nicht!"

Kränkend ist ein solches Wort.
Julchen eilt geschwinde fort.

Knubbs! Da stoßen die drei Knaben
Julchen in den feuchten Graben.

Und sie fühlen sich entzückt,
Daß der Streich so gut geglückt.

Wartet nur, da kommt der Fritze!
Schwapp, sie liegen in der Pfütze.

Fritz ist brav und sanft und spricht:
,,Gutes Julchen, weine nicht!"

Julchens Kleid ist zu beklagen.
Knopp, der muß die Kosten tragen.

Vatersorgen

Eins, zwei, drei! Im Sauseschritt
Läuft die Zeit; wir laufen mit. –

Julchen ist nun wirklich groß,
Pfiffig, fett und tadellos,

Und der Vater ruft: „Was seh ich?
Die Mamsell ist heiratsfähig!“
Dementsprechend wäre ja
Mancher gute Jüngling da.

Da ist Mickefett; doch dieser
Ist Apthekereiproviser.

Da ist Sutitt; aber der
Praktiziert als Vetrinär.

Da ist Klingebiel; was ist er?
Sonntags Kanter, alltags Küster.

Und dann Fritz, der Forstadjunkt,
Das ist auch kein Anhaltspunkt.
Einfach bloß als Mensch genommen
Wäre dieser höchst willkommen,

Nur muß Knopp sich dann entschließen,
Ganz bedeutend zuzuschießen. – –
Kurz gesagt mit wenig Worten,
Ob auch Knopp nach allen Orten
Seine Vaterblicke richte,
Nirgends paßt ihm die Geschichte. –

Anderseits, wie das so geht,
Mangelt jede Pietät.
Man ist fürchterlich verliebt,
Ohne daß man Achtung gibt
Oder irgendwie bedenkt,
Ob man alte Leute kränkt.
Selten fragt sich so ein Tor:
,,Was geht in den Eltern vor?" –

Ja, so ist die Jugend heute! –
Schrecklich sind die jungen Leute
Hinter Knoppens Julchen her,
Und recht sehr gefällt es der. –
Was hat Knopp doch für Verdruß,
Wenn er das bemerken muß! –

Hier zum Beispiel abends spät,
Wie er still nach Hause geht;
Sieht er nicht mit Stirnefalten,
Wie drei männliche Gestalten

Emsig spähend da soeben
Starr vor Julchens Fenster kleben?

Zornig mit dem Wanderstab
Stochert er sie da herab.
Er verursacht großen Schreck,
Doch den Ärger hat er weg.

Herzverlockende Künste

Wohl mit Recht bewundert man
Einen Herrn, der reiten kann. –

Herzgewinnend zeigt sich hier
Sutitt auf dem Satteltier. –
Doch die Wespen in der Mauer
Liegen heimlich auf der Lauer;
Sie sind voller Mißvertrauen,
Als sie einen Reiter schauen.

Hopps! Der Rappe springt und schnaubt,
Hebt den Schwanz und senkt das Haupt;

Und am Halse hängt der Reiter. –
Er ist ängstlich, Knopp ist heiter. –

Dahingegen Klingebiel
Hofft vermittelst Saitenspiel
Julchens Seele zu entzücken
Und mit Tönen zu umstricken.
Dazu hat er sich gedichtet,
Aufgesetzt und hergerichtet

Ein gar schönes Schlummerlied,
Horch! Er singt es voll Gemüt.

Ständchen

Der Abend ist so mild und schön.
Was hört man da für ein Getön?
„Sei ruhig, Liebchen, das bin ich,
Dein Dieterich,
Dein Dietrich singt so inniglich!
Nun kramst du wohl bei Lampenschein
Herum in deinem Kämmerlein;
Nun legst du ab der Locken Fülle,
Das Oberkleid, die Unterhülle;
Nun kleidest du die Glieder wieder
In reines Weiß und legst dich nieder.

Oh, wenn dein Busen sanft sich hebt,
So denk, daß dich mein Geist umschwebt.
Und kommt vielleicht ein kleiner Floh
Und krabbelt so –
Sei ruhig, Liebchen, das bin ich,
Dein Dieterich,
Dein Dietrich, der umflattert dich!“

Platsch! – Verstummt ist schnell und bang
Nachtgesang und Lautenklang.

Eilig strömt der Sänger weiter;
Er ist traurig, Knopp ist heiter. –

Die Tante auf Besuch

Unvermutet, wie zumeist,
Kommt die Tante zugereist.

Herzlich hat man sie geküßt,
Weil sie sehr vermöglich ist.

Unser Julchen, als es sah,
Daß die gute Tante da,
Weiß vor Freude nicht zu bleiben
Und hat allerlei zu schreiben. –

Sutitt hielt vor großem Kummer
Grade einen kleinen Schlummer.
Froh wird er emporgeschnellt,
Als er dies Billett erhält:

„Weißt Du, wo die Rose blüht?
Komm zu mir, wenn's keiner sieht!"

Stolz und schleunig diese Zeilen
Mickefetten mitzuteilen,
Eilt er zur Aptheke hin.

Ach, wie wurde dem zu Sinn;
Plump! So fällt ihm wie ein Stein
Neidgefühl ins Herz hinein.
Aber sagen tut er nichts. –
Scheinbar heitern Angesichts
Mischt er mancherlei Essenzen,

Um's dem Freunde zu kredenzen
Unter Glück- und Segenswunsch;

Und dem Freunde schmeckt der Punsch. –
Hoffnungsvoll, beredt und heiter
Schlürft er arglos immer weiter.

Aber plötzlich wird er eigen,
Fängt sehr peinlich an zu schweigen

Und erhebt sich von dem Sitz.
„Ei“, ruft Mickefett, „potzblitz!
Bleib doch noch ein wenig hier!“

Schnupp! Er ist schon aus der Tür. –

Mickefett voll List und Tücke
Wartet nicht, bis er zurücke,
Sondern schleicht als falscher Freund,
Wo ihm Glück zu winken scheint. –

Seht, da steigt er schon hinein.
Freudig zittert sein Gebein.

Und er küßt die zarte Hand,
Die er da im Dunkeln fand.

Und er hält mit Liebeshast
Eine Nachtgestalt umfaßt. –
Mickefett! Das gibt Malheur,
Denn die Tante liebt nicht mehr! –

Ängstlich schnelle, laut und helle
Schwingt sie in der Hand die Schelle.

Schwerbewaffnet kommt man jetzt.
Mickefett ist höchst entsetzt.

Schamverwirrt und voller Schrecken
Will er sich sogleich verstecken.
Aber autsch! Der Säbel ritzt,
Weil er vorne zugespitzt.

Schmerzgefühl bei großer Enge
Wirkt ermüdend auf die Länge.

Bratsch! Mit Rauschen und Geklirr
Leert sich jedes Waschgeschirr.

Man ist sehr verwirrt und feucht.
Mickefett entschwirrt und fleucht.

Schmerzlich an den Stoff der Hose.
Heftet sich die Dornenrose.

Das Gartenhaus

Liebe – sagt man schön und richtig –
Ist ein Ding, was äußerst wichtig.
Nicht nur zieht man in Betracht,
Was man selber damit macht,
Nein, man ist in solchen Sachen
Auch gespannt, was andre machen. –

Allgemein von Mund zu Munde
Geht die ahnungsvolle Kunde,
Sozusagen ein Gemunkel,
Daß im Garten, wenn es dunkel,
Julchen Knopp mit Försters Fritze
Heimlich wandle oder sitze. –

Diese Sage hat vor allen
Drei Personen sehr mißfallen,
Die sich leider ganz entzweit
Durch die Eifersüchtigkeit.
Jeder hat sich vorgenommen:
Ei, da muß ich hinter kommen.

Hier schleicht Sutitt schlau heraus
Zu Herrn Knoppens Gartenhaus,
Wo das Gartenbaugerät
Wohlverwahrt und trocken steht.

Husch! Er schlüpft in das Salett,
Denn es naht sich Mickefett.

Husch! Der zögert auch nicht viel,
Denn es naht sich Klingebiel.

Husch! Auch der drückt sich hinein,
Denn hier naht im Mondenschein,
Wie wohl zu vermuten war,
Das bewußte Liebespaar.

Oh, wie peinlich muß es sein,
Wenn man so als Feind zu drein
Engbedrückt zusammen sitzt
Und vor Zorn im Dunkeln schwitzt! –

Siehste wohl! Da geht es plötzlich
Rumpelpumpel, ganz entsetzlich.
Alles Gartenutensil
Mischt sich in das Kampfgewühl;

Und, rabum! Zum Überfluß
Löst sich laut der Flintenschuß.

Husch! Da schlupfen voller Schreck
Fritz und Julchen ins Versteck;
Denn schon zeigt sich in der Ferne
Vater Knopp mit der Laterne

Knipp, der Hund, kratzt an der Tür.
Knopp, der denkt: Was hat er hier?

Starr und staunend bleibt er stehn
Mit dem Ruf: „Was muß ich sehn?"
Dann mit Fassung in den Zügen
Spricht er: „Na, ihr könnt euch kriegen!"
Jetzt kommt Mutter, jetzt kommt Tante,
Beide schon im Nachtgewande.

Oh, das war mal eine schöne
Rührende Familienszene! –

Ende

Feierlich, wie sich's gebührt,
Ward die Trauung ausgeführt. –
Hierbei leitet Klingebiel
Festgesang und Orgelspiel
Unter leisem Tränenregen,
Traurig, doch von Amtes wegen;
Während still im Kabinett
Sutitt und Herr Mickefett
Hinter einer Flasche Wein
Ihren Freundschaftsbund erneun.
Knopp, der hat hienieden nun
Eigentlich nichts mehr zu tun. –
Er hat seinen Zweck erfüllt. –
Runzlig wird sein Lebensbild. –

Mütze, Pfeife, Rock und Hose
Schrumpfen ein und werden lose,
So daß man bedenklich spricht:
„Hört mal, Knopp gefällt mir nicht!"

In der Wolke sitzt die schwarze
Parze mit der Nasenwarze,
Und sie zwickt und schneidet, schnapp!
Knopp sein Lebensbändel ab.

Na, jetzt hat er seine Ruh!
Ratsch! Man zieht den Vorhang zu.

Die Haarbeutel

Einleitung

Der Weise, welcher sitzt und denkt
Und tief sich in sich selbst versenkt,
Um in der Seele Dämmerschein
Sich an der Wahrheit zu erfreun,
Der leert bedenklich seine Flasche,
Hebt seine Dose aus der Tasche,
Nimmt eine Prise, macht hapschie!
Und spricht: ,,Mein Sohn, die Sach ist die!

Eh' man auf diese Welt gekommen
Und noch so still vorliebgenommen,
Da hat man noch bei nichts was bei;
Man schwebt herum, ist schuldenfrei,
Hat keine Uhr und keine Eile
Und äußerst selten Langeweile.
Allein man nimmt sich nicht in acht,
Und schlupp! ist man zur Welt gebracht.
Zuerst hast du es gut, mein Sohn,
Doch paß mal auf, man kommt dir schon!

Bereits dein braves Elternpaar
Erscheint dir häufig sonderbar.
Es saust der Stab, dann geht es schwapp!
Sieh da, mein Sohn, du kriegst was ab!
Und schon erscheint dir unabwendlich
Der Schmerzensruf: Das ist ja schändlich!

Du wächst heran, du suchst das Weite,
Jedoch die Welt ist voller Leute;
Vorherrschend Juden, Weiber, Christen,
Die dich ganz schrecklich überlisten
Und die, anstatt dir was zu schenken,
Wie du wohl möchtest, nicht dran denken.
Und wieder scheint dir unabweislich
Der Schmerzensruf: Das ist ja scheußlich!

Doch siehe da, im trauten Kreis
Sitzt Jüngling, Mann und Jubelgreis,
Und jeder hebt an seinen Mund
Ein Hohlgefäß, was meistens rund,
Um draus in ziemlich kurzer Zeit
Die drin enthaltne Flüssigkeit
Mit Lust und freudigem Bemühn
Zu saugen und herauszuziehn.
Weil jeder dies mit Eifer tut,
So sieht man wohl, es tut ihm gut.
Man setzt sich auch zu diesem Herrn,
Man tut es häufig, tut es gern,
Und möglichst lange tut man's auch;
Die Nase schwillt, es wächst der Bauch,
Und bald, mein Sohn, wirst du mit Graun
Im Spiegelglas dein Bildnis schaun,
Und wieder scheint dir unerläßlich
Der Schmerzensruf: Das ist ja gräßlich!!

Mein lieber Sohn, du tust mir leid,
Dir mangelt die Enthaltsamkeit.
Enthaltsamkeit ist das Vergnügen
An Sachen, welche wir nicht kriegen.
Drum lebe mäßig, denke klug.
Wer nichts gebraucht, der hat genug!"

So spricht der Weise, grau von Haar,
Ernst, würdig, sachgemäß und klar,
Wie sich's gebührt in solchen Dingen;
Läßt sich ein Dutzend Austern bringen,
Ißt sie, entleert die zweite Flasche,
Hebt seine Dose aus der Tasche,
Nimmt eine Prise, macht hapschie!
Schmückt sich mit Hut und Paraplü,
Bewegt sich mit Bedacht nach Haus
Und ruht von seinem Denken aus.

Silen

Siehe, da sitzet Silen bei der wohlgebildeten Nymphe.
Gern entleert er den Krug, was er schon öfters getan. –

Endlich aber jedoch erklimmt er den nützlichen Esel,
Wenn auch dieses nicht ganz ohne Beschwerde geschah.

Fast vergißt er den Thyrsus, woran er sein Lebtag gewöhnt ist;
Käme derselbe ihm weg, wär es ihm schrecklich fatal. –
Also reitet er fort und erhebt auf Kunst keinen Anspruch;

Bald mal sitzet er so,

bald auch wieder mal so.

Horch, wer flötet denn da? Natürlich, Amor, der Lausbub;
Aber der Esel erhebt äußerst bedenklich das Ohr.

Schlimmer als Flötengetön ist das lautlos wirkende Pustrohr;
Pustet man hinten, so fliegt vorne was Spitzes heraus.

Ungern empfindet den Schmerz das redlich dienende Lasttier:
Aber der Reiter hat auch manche Geschichten nicht gern.

Leicht erwischt man den Vogel
durch List und schlaue Beschleichung;

Wenn er es aber bemerkt, fliegt er meistens davon.
Mancher erreichet den Zweck
durch täuschend geübte Verstellung;

Scheinbar schlummert der Leib, aber die Seele ist wach.

Schnupp! Er hat ihn erwischt. Laut kreischt der lästige Vogel,
Während der handliche Stab tönend die Backe berührt.

Übel wird es vermerkt, entrupft man dem Vogel die Feder,
Erstens scheint sie ihm schön, zweitens gebraucht er sie auch.

Heimwärts reitet Silen und spielt auf der lieblichen Flöte,
Freilich verschiedenerlei, aber doch meistens düdellüt!

Eine milde Geschichte

Selig schwanket Bauer Bunke
Heim von seinem Abendtrunke.

Zwar es tritt auf seinen Wegen
Ihm ein Hindernis entgegen,

Und nicht ohne viel Beschwerden
Kann es überwunden werden.

Aber, siehst du, es gelingt
Schneller, als ihm nötig dünkt.

Pfeife läßt er Pfeife sein,
Drückt sich in sein Haus hinein

Und begibt sich ohne Säumen
Hin zu seinen Zimmerräumen,
Wo Frau Bunke für die Nacht
Einen Teig zurechtgemacht.

Unverzüglich, weil er matt
Sucht er seine Lagerstatt.

Diese kommt ihm sehr gelegen,
Um darin der Ruh zu pflegen.

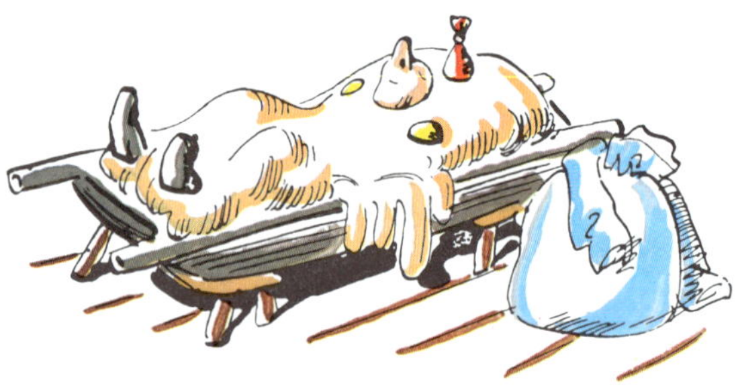

Oh, wie wonnig schmiegt das Mus
Sich um Kopf, Leib, Hand und Fuß.

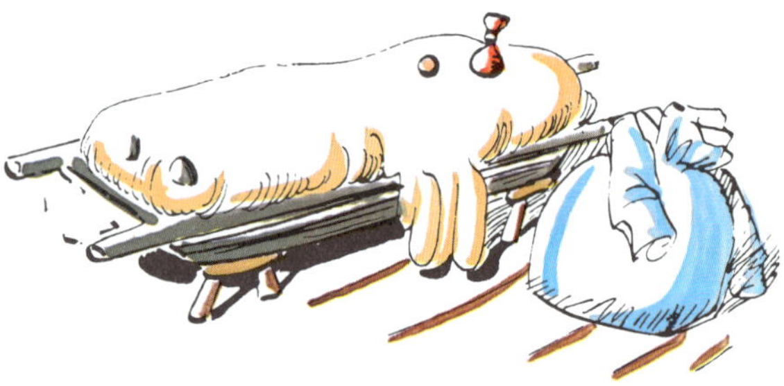

Doch, wie sich der Mund bedeckt,

Wird er ängstlich aufgeschreckt.

Schnell, mit unterdrückter Klage,
Sucht er eine andre Lage.

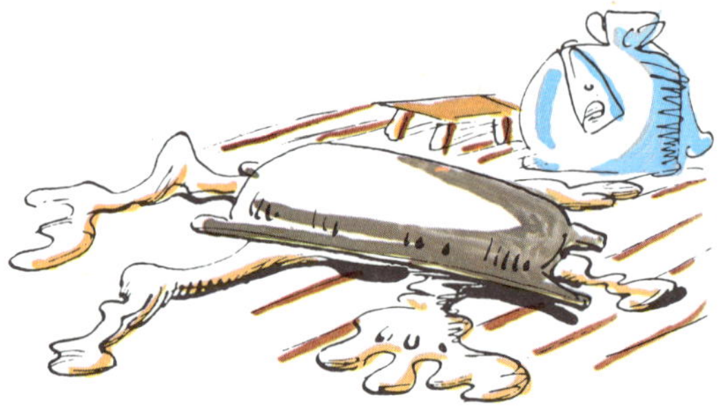

Auf dem Bauche ruht er milde
Wie die Kröte mit dem Schilde.

Lange bleibt er nicht so liegen.
Ihn verlangt es, Luft zu kriegen.

Ach, Frau Bunke steht erschrocken;
Ihre Lebensgeister stocken.

Traurig führet sie den Besen.
Kummer füllt ihr tiefstes Wesen;
Weinen kann ihr Angesicht,
Aber backen kann sie nicht.

Der Undankbare

Einen Menschen namens Meier
Schubst man aus des Hauses Tor,
Und man spricht, betrunken sei er;
Selber kam's ihm nicht so vor.

Grade auf des Weges Mitte,
Frisch mit spitzem Kies belegt,
Hat er sich im Schlurferschritte
Knickebeinig fortbewegt.

Plötzlich will es Meiern scheinen,
Als wenn sich die Straße hebt,
So daß er mit seinen Beinen
Demgemäß nach oben strebt.

Aber Täuschung ist es leider.
Meier fällt auf seinen Bauch,
Wirkt zerstörend auf die Kleider
Und auf die Zigarre auch.

Schnell sucht er sich aufzurappeln.
Weh, jetzt wird die Straße krumm,

Und es drehn sich alle Pappeln,
Und auch Meiern dreht es um.

Hilfsbedürftig voller Schmerzen
Sitzt er da in Glas und Kies,
Doch ein Herr mit gutem Herzen
Kam vorbei und merkte dies.

Knacks, er fällt auf seine Taschen,
Worin er mit Vorbedacht
Noch zwei wohlgefüllte Flaschen
Klug verwahrt und mitgebracht.

Voller Mitleid und Erbarmen
Sieht er, wie es Meiern geht,
Hebt ihn auf in seinen Armen,
Bis er wieder grade steht.

Puff! Da trifft ein höchst geschwinder
Schlag von Meiern seiner Hand
Auf des Fremden Prachtzylinder,
Daß der Mann im Dunkeln stand.

Ohne Hören, ohne Sehen
Steht der Gute sinnend da;
Und er fragt, wie das geschehen
Und warum ihm das geschah.

Fritze

Fritze war ein Ladenjüngling,
Dazu braver Eltern Sohn,
Und er stand bei Kaufmann Kunze
Schon ein Jahr in Konditschon.

„Fritze“, sagte einstens Kunze,
„Ich muß eben mal wohin;
Mache keine dummen Streiche,
Wenn ich nicht zugegen bin.“

Hiemit geht er aus der Türe.
Fritze hält das für ein Glück.
Er ergreift die Kümmelflasche,
Und dann beugt er sich zurück.

Sieh, da naht die alte Grete,
Eine Jungfer ernst und still;
Sie verlangt nach grüner Seife,
Weil sie morgen waschen will.

Auch erhob sie eine Klage,
Daß sie's so im Leibe hat,
Weshalb sie vor allen Dingen
Erst um einen Kümmel bat.

Fritze zeigt sich dienstbeflissen.
Ihm ist recht konfus und wohl.
Statt der großen Kümmelflasche
Nimmt er die mit Vitriol.

Jungfer Grete, voller Freuden,
Greift begierig nach dem Glas;
Fritz, der grünen Seife wegen,
Beugt sich übers Seifenfaß.

Weh, was muß man nun erblicken?
Wo ist Fritzens Gleichgewicht?
Was sind dies für Angstgebärden
Hier auf Gretens Angesicht?

Fritze strampelt mit den Beinen,
Doch die Seife wird sein Grab;
Greten nagt die scharfe Säure
Ihre Mädchenseele ab.

Kümmel zieret keinen Jüngling,
Dazu ist er noch zu klein;
Und ein braves altes Mädchen
Muß nicht mehr so happig sein.

Nur leise

Sehr häufig traf Studiosus Döppe
Paulinen auf des Hauses Treppe,
Wenn sie als Witwe tugendsam
Des Morgens aus der Stube kam.
Da sie Besitzerin vom Haus,
So sprach sich Döppe schließlich aus
Und bat mit Liebe und Empfindung
Um eine dauernde Verbindung.
„Herr Döppe“, sprach Pauline kühl,
„Ich ehr' und achte Ihr Gefühl,
Doch dies Gepolter auf der Treppe
Fast jede Nacht ist bös, Herr Döppe!“
Worauf denn Döppe fest beschwor,
Die Sache käme nicht mehr vor.

Dies Schwören sollte wenig nützen.
Nachts hat er wieder einen sitzen.
Er kommt nach Haus in später Stund
Mit Pfeife, Rausch und Pudelhund.

Behutsam zieht er auf dem Gang
Die Stiefel aus, die schwer und lang,

Um auf den Socken, auf den weichen,
Geräuschlos sich emporzuschleichen.
Fast ist er schon dem Gipfel nah
Und denkt, der letzte Tritt ist da.
Dies denkt er aber ohne Grund.

Die Pfeife bohrt sich in den Schlund.

Die alte Treppe knackt und knirrt,
Die Pfeife löst sich auf und klirrt;

Erschrecklich tönt der Stiefel Krach,
Dumpf rumpelt Döppe hinten nach.

Der Pudel heult und ist verletzt,
Weil Döppe seinen Schwanz besetzt.
Pauline kommt mit Kerzenlicht;

Beschämt verbirgt er sein Gesicht.
Man hört nichts weiter von Paulinen,
Als: „Döppe, ich verachte Ihnen!"

Vierhändig

Der Mensch, der hier im Schlummer liegt,
Hat seinen Punsch nicht ausgekriegt.

Dies ist dem Affen äußerst lieb;
Er untersucht, was übrigblieb.

Der Trank erscheint ihm augenblicklich
Beachtenswert und sehr erquicklich.

Drum nimmt er auch die Sache gründlich.
Der Schwanz ist aber recht empfindlich.

Der Hauch ist kühlend insoweit,

Doch besser wirkt die Flüssigkeit.

Begierig wird der Rest getrunken

Und froh auf einem Bein gehunken.

Das Trinkgeschirr, sobald es leer,
Macht keine rechte Freude mehr.

Jetzt können wir, da dies geschehn,
Zu etwas anderm übergehn.

Zum Beispiel mit gelehrten Sachen
Kann man sich vielfach nützlich machen.

Hiernach, wenn man es nötig glaubt,
Ist die Zigarre wohl erlaubt.

Man zündet sie behaglich an,

Setzt sich bequem und raucht sodann.

Oft findet man nicht den Genuß,
Den man mit Recht erwarten muß.

So geht es mit Tabak und Rum:
Erst bist du froh, dann fällst du um.

Hier ruhn die Schläfer schön vereint,
Bis daß die Morgensonne scheint.

Im Kopf ertönt ein schmerzlich Summen,
Wir Menschen sagen: Schädelbrummen.

Eine kalte Geschichte

Der Wind, der weht, die Nacht ist kühl.
Nach Hause wandelt Meister Zwiel.

Verständig, wie das seine Art,
Hat er den Schlüssel aufbewahrt.

Das Schlüsselloch wird leicht vermißt,
Wenn man es sucht, wo es nicht ist.

Allmählich schneit es auch ein bissel;
Der kalten Hand entfällt der Schlüssel.

Beschwerlich ist die Bückerei;
Es lüftet sich der Hut dabei.

Der Hut ist naß und äußerst kalt;
Wenn das so fortgeht, friert es bald.

Noch einmal bückt der Meister sich,
Doch nicht geschickt erweist er sich.

Das Wasser in dem Fasse hier
Hat etwa Null Grad Reaumur.

Es bilden sich in diesem Falle
Die sogenannten Eiskristalle.

Der Wächter singt: Bewahrt das Licht!
Der kalte Meister hört es nicht.

Der Morgen kommt so trüb und grau;
Frau Pieter kommt, die Millichfrau;

Er sitzt gefühllos, starr und stumm,
Der Schnee fällt drauf und drum herum.

Auch kommt sogleich mit ihrem Topf
Frau Zwiel heraus und neigt den Kopf.

„Schau schau!" ruft sie in Schmerz versunken.
„Mein guter Zwiel hat ausgetrunken!
Von nun an, liebe Madam Pieter,
Bitt' ich nur um ein Viertel Liter!"

Die ängstliche Nacht

Heut bleibt der Herr mal wieder lang.
Still wartet sein Amöblemang.

Da kommt er endlich angestoppelt.
Die Möbel haben sich verdoppelt.

Was wär denn dieses hier? Ei ei!
Aus einem Beine werden zwei.

Der Kleiderhalter, sonst so nütze,
Zeigt sich als unbestimmte Stütze.

Oha! Jetzt wird ihm aber schwach,
Die Willenskräfte lassen nach.

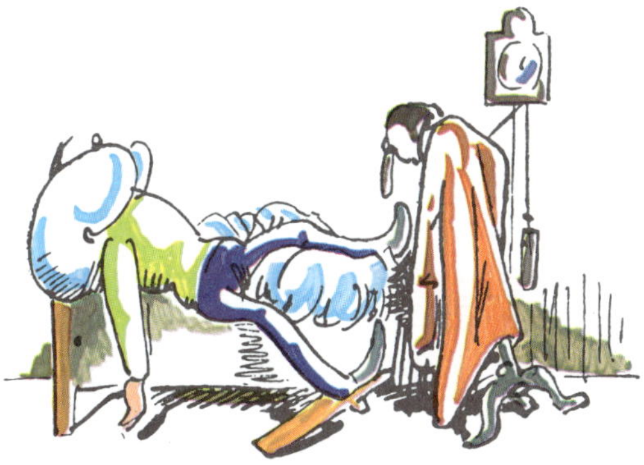

Er sucht auf seiner Lagerstatt
Die Ruhe, die er nötig hat.

Auweh! der Fuß ist sehr bedrückt;
Ein harter Käfer beißt und zwickt.

Der Käfer zwickt, der Käfer kneift;
Mit Mühe wird er abgestreift.

Jedoch die Ruhe währt nicht lange;
Schon wieder zwickt die harte Zange.

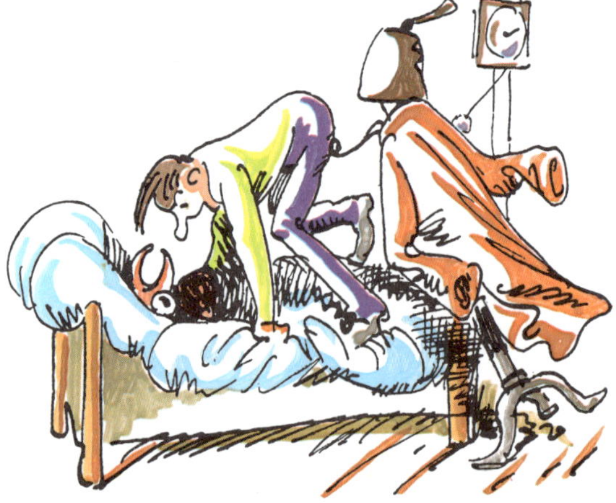

Er dreht sich um, so schnell er kann;
Da stößt ihn wer von hinten an.

Habuh! Da ist er! Steif und kalt;
Ein Kerl von scheußlicher Gestalt.

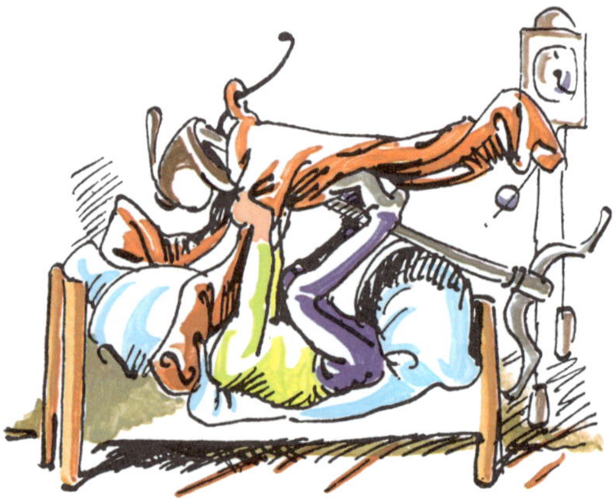

Ha, drauf und dran! Du oder ich!

Jetzt heißt es, Alter, wehre dich!

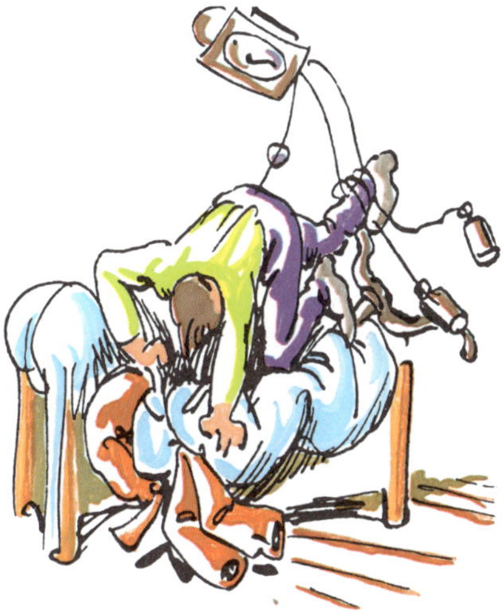

Heiß tobt der Kampf, hoch saust das Bein;
Es mischt sich noch ein dritter drein.

Doch siehe da, der Feind erliegt.
Der Kampf ist aus, er hat gesiegt.

Gottlob, so kommt er endlich nun
Doch mal dazu, sich auszuruhn.

Doch nein, ihm ist so dumpf und bang;
Die Nase wird erstaunlich lang.

Und dick und dicker schwillt der Kopf;
Er ist von Blech, er wird zum Topf;

Wobei ein Teufel voller List
Als Musikus beschäftigt ist.

Wie er erwacht, das sieht man hier:
Ein jedes Haar ein Pfropfenziehr.

Fipps der Affe

Anfang

Pegasus, du alter Renner,
Trag mich mal nach Afrika,
Alldieweil so schwarze Männer
Und so bunte Vögel da.

Kleider sind da wenig Sitte;
Höchstens trägt man einen Hut,
Auch wohl einen Schurz der Mitte;
Man ist schwarz und damit gut. –

Dann ist freilich jeder bange,
Selbst der Affengreis entfleucht,
Wenn die lange Brillenschlange
Zischend von der Palme kreucht.

Kröten fallen auf den Rücken,
Ängstlich wird das Bein bewegt;
Und der Strauß muß heftig drücken,
Bis das große Ei gelegt.

Krokodile weinen Tränen,
Geier sehen kreischend zu;
Sehr gemein sind die Hyänen;
Schäbig ist der Marabu.

Nur die Affen, voller Schnacken,
Haben Vor- und Hinterhand;
Emsig mümmeln ihre Backen;
Gerne hockt man beieinand.

Papa schaut in eine Stelle,
Onkel kratzt sich sehr geschwind,
Tante kann es grad so schnelle,
Mama untersucht das Kind.

Fipps – so wollen wir es nennen. –
Aber wie er sich betrug,
Wenn wir ihn genauer kennen,
Ach, das ist betrübt genug.

Selten zeigt er sich beständig,
Einmal hilft er aus der Not;
Anfangs ist er recht lebendig,
Und am Schlusse ist er tot.

Erstes Kapitel

Der Fipps, das darf man wohl gestehn,
Ist nicht als Schönheit anzusehn.

Was ihm dagegen Wert verleiht,
Ist Rührig- und Betriebsamkeit.
Wenn wo was los, er darf nicht fehlen;

Was ihm beliebt, das muß er stehlen;
Wenn wer was macht, er macht es nach;
Und Bosheit ist sein Lieblingsfach.

Es wohnte da ein schwarzer Mann,
Der Affen fing und briet sie dann.

Besonders hat er junge gern,
Viel lieber als die ältern Herrn.
„Ein alter Herr ist immer zäh!"
So spricht er oft und macht: „Bäbä!"

Um seine Zwecke zu erfüllen,
Wählt er drei leere Kürbishüllen.
Für auf den Kopf die große eine,
Für an die Hände noch zwei kleine.

So kriecht er in ein Bündel Stroh,

Macht sich zurecht und wartet so. –
Dies hat nun allerdings den Schein,
Als ob hier schöne Früchte sein.

Fipps, der noch nie so große sah,
Kaum sieht er sie, so ist er da.

Er wählt für seinen Morgenschmaus
Sich gleich die allergrößte aus.

Doch wie er oben sich bemüht,
Erfaßt ihn unten wer und zieht,
Bis daß an jeder Hinterhand
Ringsum ein Kürbis sich befand.

So denkt ihn froh und nach Belieben
Der böse Mann nach Haus zu schieben.

An dieses Mannes Nase hing
Zu Schmuck und Zier ein Nasenring.
Fipps faßt den Reif mit seinem Schweif.
Der Schwarze wird vor Schrecken steif.

Die Nase dreht sich mehre Male
Und bildet eine Qualspirale.

Jetzt biegt der Fipps den langen Ast,
Bis er den Ring der Nase faßt.

Dem Neger wird das Herze bang,
Die Seele kurz, die Nase lang.

Am Ende gibt es einen Ruck,
Und oben schwebt der Nasenschmuck.

Der Schwarze aber aß seit dieser
Begebenheit fast nur Gemüser.

Zweites Kapitel

Natürlich läßt Fipps die ekligen Sachen,
Ohne neidisch zu sein, von anderen machen.
Dagegen aber, wenn einer was tut,
Was den Anschein hat, als tät es ihm gut,
Gleich kommt er begierig und hastig herbei,
Um zu prüfen, ob's wirklich so angenehm sei.

Mal saß er an des Ufers Rand
Auf einer Palme, die dorten stand.
Ein großes Schiff liegt auf dem Meer;
Vom Schiffe schaukelt ein Kahn daher.

Im kleinen Kahn, da sitzt ein Mann,
Der hat weder Schuhe noch Stiefel an;
Doch vor ihm steht ganz offenbar
Ein großes und kleines Stiefelpaar.

Das kleine, das er mit sich führt,
Ist innen mit pappigem Pech beschmiert;

Und wie der Mann an das Ufer tritt,
Bringt er die zwei Paar Stiefel mit.

Er trägt sie sorglich unter dem Arm
Und jammert dabei, daß es Gott erbarm.

Kaum aber ziehet der Trauermann
Sich einen von seinen Stiefeln an,
So mildern sich schon ganz augenscheinlich
Die Schmerzen, die noch vor kurzem so peinlich,

Und gar bei Stiefel Numero zwei
Zeigt er sich gänzlich sorgenfrei.

Dann sucht er im fröhlichen Dauerlauf
Den kleinen Nachen wieder auf
Und läßt aus listig bedachtem Versehn
Das kleine Paar Stiefel am Lande stehn.

Ratsch, ist der Fipps vom Baum herunter,
Ziehet erwartungsvoll und munter

Die Stiefel an seine Hinterglieder,
Und schau! Der lustige Mann kommt wieder.

O weh! Die Stiefel an Fippsens Bein
Stören die Flucht. Man holt ihn ein.

Vergebens strampelt er ungestüm,
Der Schiffer geht in den Kahn mit ihm.

Zum Schiffe schaukelt und strebt der Kahn,
Das Schiff fährt über den Ozean,
Und selbiger Mann (er schrieb sich Schmidt)
Nimmt Fipps direkt nach Bremen mit.

Drittes Kapitel

Zu Bremen lebt gewandt und still
Als ein Friseur der Meister Krüll,

Und jedermann in dieser Stadt,
Wer Haare und wer keine hat,
Geht gern zu Meister Krüll ins Haus
Und kommt als netter Mensch heraus.
Auch Schmidt läßt sich die Haare schneiden.
Krüll sieht den Affen voller Freuden,

Er denkt: Das wäre ja vor mir
Und meine Kunden ein Pläsier.
Und weil ihn Schmidt veräußern will,
So kauft und hat ihn Meister Krüll.
Es kam mal so und traf sich nun,
Daß Krüll, da anders nichts zu tun,
In Eile, wie er meistens tat,
Das Seitenkabinett betrat,
Wo er die Glanzpomade kocht,
Perücken baut und Zöpfe flocht,
Kurz, wo die kunstgeübte Hand
Vollendet, was der Geist erfand.
Zur selben Zeit erscheint im Laden,
Mit dünnem Kopf und dicken Waden,

Der schlichtbehaarte Bauer Dümmel,
Sitzt auf den Sessel, riecht nach Kümmel

Und hofft getrost, daß man ihn schere,
Was denn auch wirklich nötig wäre.
Wipps – sitzt der Fipps auf seinem Nacken,
Um ihm die Haare abzuzwacken.

Die Schere zwickt, die Haare fliegen;
Dem Dümmel macht es kein Vergnügen.

Oha! Das war ein scharfer Schnitt,
Wodurch des Ohres Muschel litt.

„Hör upp!“ schreit Dümmel schmerzensbange.
Doch schon hat Fipps die Kräuselzange.

Das Eisen glüht, es zischt das Ohr,
Ein Dampfgewölk steigt draus hervor.

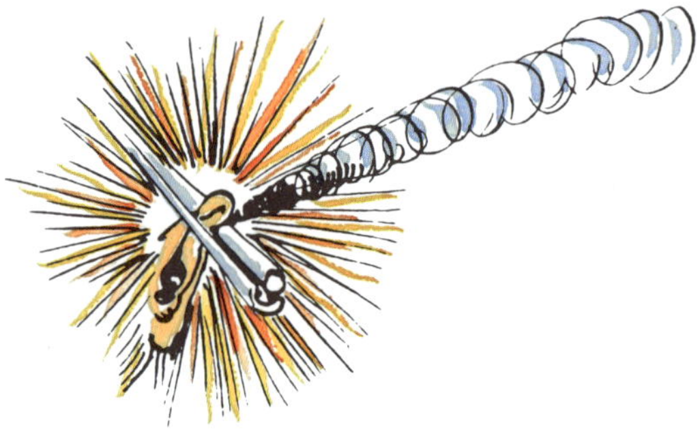

Die Schönheit dieser Welt verschwindet,
Und nur der Schmerz zieht, bohrt und mündet
In diesen einen Knotenpunkt,

Den Dümmel hier ins Wasser tunkt. –

Der Meister kommt. –
Hoch schwingt die Rechte,
Wie zum Gefechte, eine Flechte.

Der Spiegel klirrt, die Hand erlahmt;
Der Meister Krüll ist eingerahmt.

Mir scheint, ich bin hier unbeliebt!
Denkt Fipps, der sich hinwegbegibt.

Viertes Kapitel

Dämmerung war es, als Adele
Mit dem Freunde ihrer Seele,
Der so gerne Pudding aß,
Traulich bei der Tafel saß.

„Pudding“, sprach er, „ist mein Bestes!“
Drum zum Schluß des kleinen Festes
Steht der wohlgeformte große
Pudding mit der roten Soße
Braun und lieblich duftend da,
Was der Freund mit Wonne sah.

Aber, ach du meine Güte,
Plötzlich stockt das Herzgeblüte. –

Angelockt von Wohlgerüchen
Hat sich Fipps herbeigeschlichen,
Um mit seinen gier’gen Händen
Diesen Pudding zu entwenden,
Hergestellt mit großem Fleiß.

Ätsch! Die Sache ist zu heiß! –

Ärgerlich ist solche Hitze.
Schlapp! Der Freund hat eine Mütze

Tief bis über beide Backen.
Platsch! Und in Adelens Nacken,
Tief bis unten in das Mieder,
Rinnt die rote Soße nieder.

So wird oft die schönste Stunde
In der Liebe Seelenbunde
Durch Herbeikunft eines Dritten
Mitten durch- und abgeschnitten;
Und im Innern wehmutsvoll
Tönt ein dumpfes Kolleroll!

Fünftes Kapitel

Für Fipps wird es dringende Essenszeit. –
Mit fröhlicher Gelenkigkeit
Durch eine Seitengasse entflieht er
Und schleicht in den Laden von einem Konditer.

Da gibt es schmackhafte Kunstgebilde,
Nicht bloß härtliche, sondern auch milde;
Da winken Krapfen und Mohrenköpfe,
Künstlich geflochtene Brezen und Zöpfe;
Auch sieht man da für gemischtes Vergnügen
Mandeln, Rosinen et cetera liegen. –

„Horch!“ ruft voll Sorge Konditor Köck.
„Was rappelt da zwischen meinem Gebäck?“

Die Sorge wandelt sich in Entsetzen,
Denn da steht Fipps mit Krapfen und Brezen.
Die Brezen trägt er in einer Reih
Auf dem Schwanz, als ob es ein Stecken sei,
Und aufgespießt, gleich wie auf Zapfen,
An allen vier Daumen sitzen die Krapfen.

Zwar Köck bemüht sich, daß er ihn greife
Hinten bei seinem handlichen Schweife,
Doch weil er soeben den Teig gemischt,
So glitscht er ab, und der Dieb entwischt.

Nichts bleibt ihm übrig als lautes Gebröll,
Und grad kommt Mieke, die alte Mamsell.

Unter hellem Gequieke fällt diese Gute
Platt auf die Steine mit Topf und Tute.
Durch ihre Beine eilt Fipps im Sprunge.
Ihn wirft ein schwärzlicher Schusterjunge

Mit dem Stulpenstiefel, der frisch geschmiert,
So daß er die schönen Krapfen verliert.

Auch wartet ein Bettelmann auf der Brücken
Mit einem Buckel und zween Krücken.

Derselbe verspürt ein großes Verlangen,
Die Brezeln vermittels der Krücke zu fangen;

Dies kommt ihm aber nicht recht zunütze,
Denn Fipps entzieht ihm die letzte Stütze. –
Da liegt er nun wie ein Käfer am Rücken. –
Fipps aber begibt sich über die Brücken
Und eilet gar sehr beängstigt und matt
Mit der letzten Brezel aus dieser Stadt. –
Schon ist es dunkel und nicht geheuer,

Er schwingt sich über ein Gartengemäuer.
Hier hofft er auf angenehm nächtliche Ruh.

Klapp – schnappt die eiserne Falle zu. –

Sofort tritt aus dem Wohngebäude
Ein Herr und äußert seine Freude.
„Aha!“ So ruft er. „Du bist wohl der,
Der Hühner stiehlt? Na, denn komm her!“

Hiermit schiebt er ihn vergnüglich
In einen Sack. Und unverzüglich

Ohne jede weitre Besichtigung
Beginnt er die schmerzhafte Züchtigung.

Drauf schließt er ihn für alle Fälle
In einen der leeren Hühnerställe,
Damit er am andern Morgen sodann
Diesen Bösewicht näher besichtigen kann.

Sechstes Kapitel

Wer vielleicht zur guten Tat
Keine rechte Neigung hat,
Dem wird Fasten und Kastein
Immerhin erfrischend sein. –

Als der Herr von gestern abend,
Fest und wohl geschlafen habend
(Er heißt nämlich Doktor Fink),
Morgens nach dem Stalle ging,
Um zu sehn, wen er erhascht –
Ei, wie ist er überrascht,
Als bescheiden, sanft und zahm,
Demutsvoll und lendenlahm,

Fipps aus seinem Sacke steigt,
Näher tritt und sich verneigt.

Lächelnd reicht Frau Doktorin
Ihm den guten Apfel hin,
Und das dicke, runde, fette,
Nette Kindermädchen Jette
Mit der niedlichen Elise,
Ei herrje! Wie lachten diese. –

Zwei nur finden's nicht am Platze;
Schnipps, der Hund, und Gripps, die Katze,
Die nicht ohne Mißvertrauen
Diesen neuen Gast beschauen.
Fipps ist aber recht gelehrig
Und beträgt sich wie gehörig.
Morgens früh, so flink er kann,
Steckt er Fink die Pfeife an.

Fleißig trägt er dürre Reiser,
Ja, Kaffee zu mahlen weiß er,
Und sobald man musiziert,
Horcht er still, wie sich's gebührt.
Doch sein innigstes Vergnügen
Ist, Elisen sanft zu wiegen,
Oder, falls sie mal verdrossen,
Zu erfreun durch schöne Possen.

Kurz, es war sein schönster Spaß,
Wenn er bei Elisen saß.
Dafür kriegt er denn auch nun
Aus verblümtem Zitzkattun
Eine bunte und famose
Hinten zugeknöpfte Hose;
Dazu, reizend von Geschmack,
Einen erbsengrünen Frack;

Und so ist denn gegenwärtig
Dieser hübsche Junge fertig.

Siebentes Kapitel

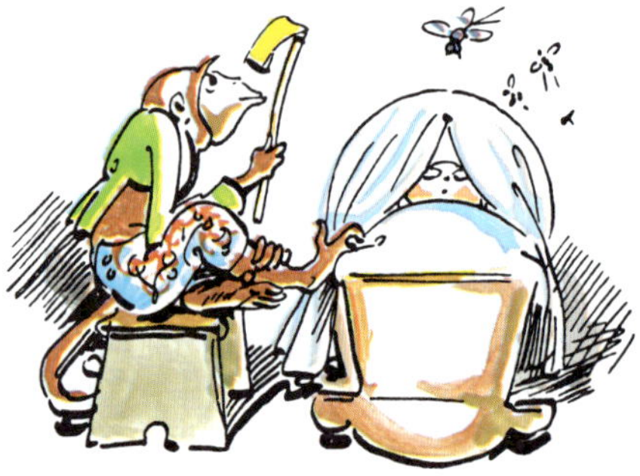

Elise schläft in ihren Wiegen.
Fipps paßt geduldig auf die Fliegen. –
Indessen denkt die runde Jette,
Was sie wohl vorzunehmen hätte;

Sieht eine Wespe, die verirrt
Am Fenster auf und nieder schwirrt,

Und treibt das arme Stacheltier
In eine Tute von Papier.

Sanft lächelnd reicht sie ihm die Tute,
Damit er Gutes drin vermute.

Er öffnet sie geschickt und gern,
Denn jeder Argwohn liegt ihm fern.

Schnurr pick! Der Stachel sitzt im Finger.
Der Schmerz ist gar kein so geringer.

Doch Fipps hat sich alsbald gefaßt,
Zermalmt das Ding, was ihm verhaßt,

Setzt sich dann wieder an die Wiegen
Und paßt geduldig auf die Fliegen. –
Vor allem eine ist darunter,
Die ganz besonders frech und munter.
Jetzt sitzt sie hier, jetzt summt sie da,
Bald weiter weg, bald wieder nah.

Jetzt krabbelt sie auf Jettens Jacke,

Jetzt wärmt sie sich auf Jettens Backe.
Das gute Kind ist eingenickt.
Kein Wunder, wenn sie nun erschrickt,

Denn, schlapp! Die Fliege traf ein Hieb,

Woran sie starb und sitzenblieb. –
Fipps aber hockt so friedlich da,
Als ob dies alles nicht geschah,

Und schließet seine Augen zu
Mit abgefeimter Seelenruh.

Achtes Kapitel

Kaum hat mal einer ein bissel was,
Gleich gibt es welche, die ärgert das. –
Fipps hat sich einen Knochen stibitzt,
Wo auch noch ziemlich was drannen sitzt.

Neidgierig hocken im Hintergrund
Gripps, der Kater, und Schnipps, der Hund.

Wauwau! Sie sausen von ihrem Platze.
Happs! macht der Hund, kritzekratze! die Katze,

Daß Fipps in ängstlichem Seelendrang
Eilig auf einen Schrank entsprang,
Allwo man aufbewahren tät
Mancherlei nützliches Handgerät.

Und Gripps, der Kater, und Schnipps, der Hund,
Schleichen beschämt in den Hintergrund.

Fipps aber knüpft mit der Hand gewandt
Den Knochen an ein Band, das er fand,
Und schlängelt dasselbe voller List
Durch einen Korb, welcher löchricht ist.

Sogleich folgt Gripps dem Bratengebein

Bis tief in das Korbgeflecht hinein.

Schwupp – hat ihn der Fipps drin festgedrückt,
Und mit der Zange, die beißt und zwickt,
Entfernt er sorgsam die scharfen Klauen.

Ach, wie so kläglich muß Gripps miauen,
Denn grade in seinen Fingerspitzen
Hat er die peinlichsten Nerven sitzen.

Jetzt wird auch noch der Schweif gebogen
Und durch des Korbes Henkel gezogen.
Mit einer Klammer versieht er ihn,
Damit er nicht leichtlich herauszuziehn.
Schnipps, der Hund, schnappt aber derweilen
Den Knochen und möchte von dannen eilen.

Dieses gelingt ihm jedoch nicht ganz,
Denn Fipps erwischt ihn bei seinem Schwanz

Und schwingt ihn solchermaßen im Kreis,
Bis er nichts Gescheits mehr zu denken weiß.

Hiernach, gewissermaßen als Schlitten,
Zieht er ihn durch des Hofes Mitten

Und läßt ihn dorten mal soeben
Über dem Abgrund des Brunnens schweben,
Wo ein schwäch- und ängstlich Gemüt
Nur ungern hängt und hinuntersieht.

Drauf so führt er ihn hinten nach
An des Daches Rinne bis auf das Dach

Und lehnt ihn über den Schlot allhier.
Daraus geht ein merklicher Dampf herfür. –

Dem Auge höchst peinlich ist der Rauch,
Auch muß man niesen und husten auch,
Und schließlich denkt man nichts weiter als bloß:
Jetzt wird's mir zu dumm, und ich lasse los.
So wird dieser Rauch immer stärker und stärker,
Schnipps fällt rücküber und auf den Erker.

Und Gripps, der grad aus der Luke fährt,

Fühlt plötzlich, ihm wird der Korb beschwert.

Hulterpulter, sie rumpeln in großer Hast
Vom Dach und baumeln an einem Ast.

Hier trennt man sich nicht ohne Pein.

Und jeder ist wieder für sich allein.

Seitdem war Fipps von diesen zween
Als Meister verehrt und angesehn.

Neuntes Kapitel

Mit Recht erscheint uns das Klavier,
Wenn's schön poliert, als Zimmerzier.
Ob's außerdem Genuß verschafft,
Bleibt hin und wieder zweifelhaft.

Auch Fipps fühlt sich dazu getrieben,
Die Kunst in Tönen auszuüben.
Er zeigt sich wirklich sehr gewandt,
Selbst mit der linken Hinterhand.

Und braucht er auch die Rechte noch,
Den Apfel, den genießt er doch.

Zu Kattermäng gehören zwei,
Er braucht sich bloß allein dabei.

Piano klingt auf diese Weise
Besonders innig, weich und leise.

Jetzt stimmen ein mit Herz und Mund
Der Kater Gripps und Schnipps, der Hund.

Bei dem Duett sind stets zu sehn
Zwei Mäuler, welche offenstehn.

Oft wird es einem sehr verdacht,
Wenn er Geräusch nach Noten macht.

Der Künstler fühlt sich stets gekränkt,
Wenn's anders kommt, als wie er denkt.

Zehntes Kapitel

Wöhnlich im Wechselgespräch
Beim angenehm schmeckenden Portwein

Saßen Professor Klöhn und Fink,
der wrüdige Doktor.
Aber jener beschloß, wie folgt,
die belehrende Rede:
„O verehrtester Freund!
Nichts gehet doch über die hohe
Weisheit der Mutter Natur. –
Sie erschuf ja so mancherlei Kräuter,

Harte und weiche zugleich,
doch letztere mehr zu Gemüse.
Auch erschuf sie die Tiere,
erfreulich, harmlos und nutzbar;

Hüllte sie außen in Häute,
woraus man Stiefel verfertigt,

Füllte sie innen mit Fleisch
von sehr beträchtlichem Nährwert;
Aber erst ganz zuletzt,
damit er es dankend benutze,
Schuf sie des Menschen Gestalt
und verlieh ihm die Öffnung des Mundes.
Aufrecht stehet er da,
und alles erträgt er mit Würde."

Also sprach der Professor,
erhub sich und setzte den Hut auf

Wehe, die Nase hernieder,
ins Mundloch rieselt die Tinte.

Wehe, durch Gummi verklebt,
fest haftet das nützliche Sacktuch.

Drohend mit Zorngebärde
erhebt er den schlanken Spazierstock.

Autsch! Ein schmerzlich Geflecht
umschlingt den schwellenden Daumen.

Hastig begibt er sich fort;
indessen die Würde ist mäßig.

Elftes Kapitel

Wie gewöhnlich liest die Jette
Wieder nachts in ihrem Bette.

Auf dem Kopf hat sie die Haube,
In der Hand die Gartenlaube.
Hieran will sie sich erfreun,

Duselt, nickt und schlummert ein.
An das Unschlittkerzenlicht,
Daran denkt sie freilich nicht. –
Erst brennt nur die Zeitungsecke.

Dann der Vorhang, dann die Decke.
Schließlich brennt das ganze Haus;

Unten läuft man schon heraus. –

Vater Fink, er läuft nicht schlecht,
Trägt den treuen Stiefelknecht.

Mutter Fink, besorgt vor allen,
Rettet ihre Mausefallen.

Jette schwebt vom Fensterrand;
Sie ist etwas angebrannt.

Doch sie sinkt ins Regenfaß,

Wo es drinnen kühl und naß. –

Also sicher wären diese. –
Aber ach, wo ist Elise?

Seht nach oben! Fipps, der Brave,
Hält das Kind, was fest im Schlafe.

Aus dem Fenster, hoch im Raume,
Schwingt er sich zum nächsten Baume.

Höchst besorgt wie eine Amme
Rutscht er abwärts an dem Stamme.

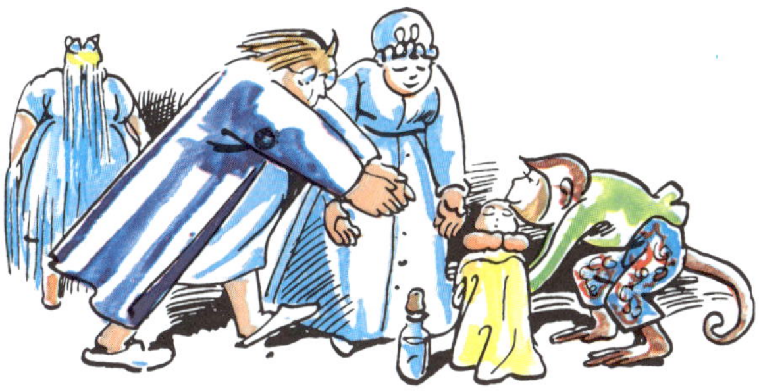

Sanft legt er Elisen nieder.
Sie hat ihre Eltern wieder;

Und die Flasche steht dabei,
Falls Elise durstig sei. –

Zwölftes Kapitel

Fink hat versichert, Gott Lob und Dank,
Bei der Aachener Feuerversicherungs-Bank,
Und nach zwei Jahren so ungefähr
Wohnt er weit schöner als wie vorher. –

Fipps natürlich, der hat es seitdem
In jeder Hinsicht sehr angenehm. –

Dies aber wird ihm im höchsten Grad
Unerträglich und wirklich fad.
Denn, leider Gottes, so ist der Schlechte,
Daß er immer was anderes möchte,
Auch hat er ein höchst verruchtes Gelüst,
Grad so zu sein, wie er eben ist.

Mal traf es sich, daß die Familie Fink
Zusammen aus- und spazierenging,
Um nebst Besorgung von anderen Sachen
Professor Klöhn einen Besuch zu machen. –

Fipps sehnt sich förmlich nach bösen Streichen.
Sein Plan steht fest. Er will entweichen.

Schon ist er im Feld. Die Hasen fliehn.
Einen Wanderer sieht man des Weges ziehn.

Sehr heftig erschrickt der Wandersmann.
Die Töpfersfrau geht still voran.

Zuweilen fällt das Topfgeschirr,
Und dann zerbricht es mit großem Geklirr.
In jenem Haus da, so fügt's der Himmel,
Wohnt grad der bewußte Bauer Dümmel;

Und Dümmels Küchlein piepsen bang,
Denn Fipps zieht ihnen die Hälse lang.

Da steht auch Dümmels kleiner Sohn
Mit dem Butterbrot. –

Fipps hat es schon.
Des kleinen Dümmels durchdringender Schrei
Lockt seine erschrockene Mutter herbei.

Mit den Schreckensworten: ,,Da kummt de Dübel!"
Fällt sie in einen dastehenden Kübel.

Doch Dümmel schreit und kennt ihn gleich wieder:
,,Dat is de verdammtige Haaresnieder!"
Schnell faßt er die Flinte, ein Schießeding,
Was da seit Anno fünfzehn hing.

Auch versammeln sich eilig von jeglicher Seite
Die Nachbarsleute, gerüstet zum Streite.

Sie alle machen großmächtige Schritte,
Und plötzlich ruft einer: ,,Kiek, kiek, da sitt'e!"

Jetzt harrt ein jeglicher ängstlich und stumm.

Dümmel legt an. – Er zielt. – Er – drückt. –
Dann geht es: Wumm!

Groß ist der Knall und der Rückwärtsstoß,
Denn jahrelang ging diese Flinte nicht los.

Ende

Wehe! Wehe! Dümmel zielte wacker.
Fipps muß sterben, weil er so ein Racker. –
Wie durch Zufall kommen alle jene,
Die er einst gekränkt, zu dieser Szene.
Droben auf Adelens Dienersitze
Thront der Schwarze mit dem Nasenschlitze.

Miecke, Krüll und Köck mit seinem Bauch,
Wandrer, Töpfersfrau, der Bettler auch;
Alle kommen, doch von diesen allen
Läßt nicht einer eine Träne fallen,
Auch ist eine solche nicht zu sehn
In dem Auge von Professor Klöhn,
Der mit Fink und Frau und mit Elisen
Und mit Jetten wandelt durch die Wiesen.
Nur Elise faßte Fippsens Hand,
Während ihr das Aug voll Tränen stand.
„Armer Fipps!" So spricht sie herzig treu.
Damit stirbt er. Alles ist vorbei.
Man begrub ihn hinten in der Ecke,
Wo in Finkens Garten an der Hecke
All die weißen Doldenblumen stehn.
Dort ist, sagt man, noch sein Grab zu sehn.
Doch, daß Kater Gripps und Schnipps, der Hund,
Ganz untröstlich, sagt man ohne Grund.

Der Fuchs

Die Bäurin hat ein Huhn erstochen,
Um Supp mit Huhn davon zu kochen.
Der Bauer sprach: Das gibt 'n Jux!
Mit diesem Huhn fang ich den Fuchs!

Vors Loch der Mauer stellt er schlau
Die Schlinge heimlich und genau.

Grad denkt der Fuchs: Was ist zu tun?
Ich stehle irgendwo ein Huhn!

Und wie er da was Gutes riecht
Und durch das Loch der Mauer kriecht –
O weh! Der Schreck ist nicht geringe –
Er hat das Huhn, ihn hat die Schlinge.
Schon kommt in froher Hast und Eile
Der Bauer mit dem langen Beile.

Indessen kroch und schlüpfte flugs
Durchs Loch zurück der schlaue Fuchs.
Draus sitzt der Fuchs, drin steht der Bauer,
Dazwischen steht die Gartenmauer.

Er steigt hinauf; er hat von oben
Zum wucht'gen Hieb das Beil erhoben

Doch unbedacht, weil er in Zorn,
Zieht ihn der Hieb zu sehr nach vorn.

Drin sitzt der Fuchs, draus liegt der Bauer,
Dazwischen steht die Gartenmauer.

Er läuft nach innen durch das Tor.
Das Ding ist wieder wie zuvor.

Er sieht, es geht nicht so allein;
Drum fängt er heftig an zu schrein:
,,Catrine, Catrine!
Komm raus. wir haben ihne!“

Sie kommt begierig angerannt,
Die Ofengabel in der Hand.
Jetzt, Meister Fuchs, mußt du erliegen,
Wenn sie dich in die Mitte kriegen.

Schnell fährt er auf die Bäurin los.
Zu langsam war der Gabelstoß.
Weh aber, wenn sie noch mal sticht!

Der Fuchs kehrt um und wartet nicht. –
Der Bauer faßt mit aller Kraft
Das Beil und zielt gewissenhaft.

Trotz alledem zerhaut er bloß
Die Schlinge, und der Fuchs ist los.
Der Fuchs beschleunigt seinen Schritt
Und nimmt auch noch das Hühnchen mit.

Verdonnert sehen hinterher
Sowohl die Bäurin wie auch er.

Sie sahen, wie der Fuchs entrann;
Dann sahen sie sich selber an.
,,Du dumme Gans!" sprach er zu ihr.
,,Du Schafskopf!" nennt sie ihn dafür.

Die Drachen

Schon seit mehren Wochen haben
Drei intim bekannte Knaben –
Fritz, Franz, Conrad hießen sie –
Mit Verstand, Geduld und Müh
Schöne Drachen sich gepappt
Und zum Flug bereit gehabt,
So daß sie, bis auf den Wind,
Mit der Sache fertig sind.

Endlich weht ’ne frische Brise,
Und fort geht es auf die Wiese.
Conrad wandelt an der Spitze,
Dann kommt Franz und schließlich Fritze.

„Freund!“ sprach plötzlich Franz zu Fritzen –
„Siehst du Zöpfels Äpfel sitzen?“

Und als Fritze dies bejaht,
Schreitet man sofort zur Tat.
Doch was Conrad anbetraf,
Der geht weiter klug und brav.

Trefflich gut ging die Geschichte.
Franz hat Zöpfel seine Früchte.
Lirum larum! dachte er –
Fritze hin und Fritze her!
Ich genieße, was ich habe! –
Damit ist der freche Knabe,
Grad als wäre nichts passiert,
Äpfel essend fortmarschiert.

Saftig kann man’s knirschen hören.
Soll das Fritzen nicht empören?

Mit dem Fuße und mit Krachen,
Gradesweges durch den Drachen.
Gibt er Franzen rücksichtslos
Einen wirkungsvollen Stoß.

Franz, der dieses krummgenommen,
Ist sofort herumgekommen.

Und es hebt sich und es saust
Seine zorngeballte Faust
Durch den vorgeschützten Drachen,
Gleichfalls unter großem Krachen,
Dergestalt in Fritzens Nacken,
Daß er meint, er muß zerknacken.

Jetzt sucht jeder sich zu decken,
Und es wird so mit den Pflöcken,
Wo die Schnur herumgewickelt,
Emsig hin und her geprickelt.

Franz zuerst durch kühnes Wagen
Trifft genau auf Fritzens Magen.

Dafür sticht ihn Fritz der flinke
In das Nasenloch das linke.

So entspinnt sich auf die Länge
Ein direktes Handgemenge,
Was zunächst und augenscheinlich
Für die Ohren äußerst peinlich.

Dennoch wird der Kampf zuletzt
Noch am Boden fortgesetzt.

Grad kommt Zöpfel wie gewöhnlich,
Um sich wieder mal persönlich
Und gewiß zu überzeugen,
Daß sein Obst noch an den Zweigen.
„Wer", – ruft er – „hat dies getan?"
Damit stockt sein Sprachorgan.

Ha! Jetzt wird er grausam heiter.
Er entdeckt die beiden Streiter.

Fritze kriegt den ersten Schlag,
Weil er am bequemsten lag.

Und der Franz war schon vergnügt,
Daß er siegt und oben liegt;
Bis die Peitsche wieder pfiff
Und auch ihn empfindlich kniff.

Gern entrönnen nun die beiden,
Um das Weit're zu vermeiden,
Wären nicht die nöt'gen Beine
Tief verwickelt in die Leine. –
Also folgt der Rest der Hiebe. –
Zöpfel tut's mit Lust und Liebe.

Sorgsam sammelt hierauf Zöpfel
Seine hochgeschätzten Äpfel.
Einer nur ist angenagt,
Was jedoch nicht viel besagt;
Und so kehrt er hocherfreut
Heim in seine Häuslichkeit.

Aber ach, wie traurig stand's
Um den Fritze und den Franz.
Soviel ist gewiß für sie:
Ihre Drachen steigen nie,
Während Conrad seiner schon,
Dieser Erdenwelt entflohn,
Höher stets und höher steigt,
Bis man vor Erstaunen schweigt.

Plisch und Plum

Erstes Kapitel

Eine Pfeife in dem Munde,
Unterm Arm zwei junge Hunde
Trug der alte Kaspar Schlich. –
Rauchen kann er fürchterlich.
Doch, obschon die Pfeife glüht,
Oh, wie kalt ist sein Gemüt! –
„Wozu", lauten seine Worte,
„Wozu nützt mir diese Sorte?
Macht sie mir vielleicht Pläsier?
Einfach nein! erwidr' ich mir.
Wenn mir aber was nicht lieb,
Weg damit! ist mein Prinzip."

An dem Teiche steht er still,
Weil er sie ertränken will.

Ängstlich strampeln beide kleinen
Quadrupeden mit den Beinen;
Denn die inn're Stimme spricht:
Der Geschichte trau ich nicht! –

Hubs! fliegt einer schon im Bogen.

Plisch! Da glitscht er in die Wogen.

Hubs! Der zweite hinterher.

Plum! Damit verschwindet er.

„Abgemacht!“ rief Kaspar Schlich,
Dampfte und entfernte sich.

Aber hier, wie überhaupt,
Kommt es anders, als man glaubt.
Paul und Peter, welche grade
Sich entblößt zu einem Bade,
Gaben still verborgen acht,
Was der böse Schlich gemacht.

Hurtig und den Fröschen gleich
Hupfen beide in den Teich.

Jeder bringt in seiner Hand
Einen kleinen Hund ans Land.

„Plisch“, rief Paul, „so nenn ich meinen.“
Plum – so nannte Peter seinen.

Und so tragen Paul und Peter
Ihre beiden kleinen Köter
Eilig, doch mit aller Schonung,
Hin zur elterlichen Wohnung.

Zweites Kapitel

Papa Fittig, treu und friedlich,
Mama Fittig, sehr gemütlich,
Sitzen, Arm in Arm geschmiegt,
Sorgenlos und stillvergnügt
Kurz vor ihrem Abendschmause
Noch ein wenig vor dem Hause,
Denn der Tag war ein gelinder,
Und erwarten ihre Kinder.

Sieh, da kommen alle zwei,
Plisch und Plum sind auch dabei. –

Dies scheint aber nichts für Fittig.
Heftig ruft er: ,,Na, da bitt' ich!"

Doch Mama mit sanften Mienen,
,,Fittig!" bat sie. ,,Gönn es ihnen!"

Angerichtet stand die frische
Abendmilch schon auf dem Tische.
Freudig eilen sie ins Haus;
Plisch und Plum geschwind voraus.

Ach, da stehn sie ohne Scham
Mitten in dem süßen Rahm
Und bekunden ihr Behagen
Durch ein lautes Zungenschlagen.

Schlich, der durch das Fenster sah,
Ruft verwundert: ,,Ei, sieh da!

Das ist freilich ärgerlich –
Hehe! –, aber nicht für mich!“

Drittes Kapitel

Paul und Peter, ungerührt,
Grad als wäre nichts passiert,
Ruhn in ihrem Schlafgemach;
Denn was fragen sie danach.
Ein und aus durch ihre Nasen
Säuselt ein gelindes Blasen.

Plisch und Plum hingegen scheinen
Noch nicht recht mit sich im reinen

In betreff der Lagerstätte.
Schließlich gehn sie auch zu Bette.

Unser Plisch, gewohnterweise,
Dreht sich dreimal erst im Kreise.
Unser Plum dagegen zeigt
Sich zur Zärtlichkeit geneigt.
Denen, die der Ruhe pflegen,
Kommen manche ungelegen.

„Marsch!" – Mit diesem barschen Wort
Stößt man sie nach außen fort. –
Kühle weckt die Tätigkeit;
Tätigkeit verkürzt die Zeit.

Sehr willkommen sind dazu
Hier die Hose, da der Schuh;
Welche, eh' der Tag beginnt,

Auch bereits verändert sind.

Für den Vater, welch ein Schrecken,
Als er kam und wollte wecken.
Der Gedanke macht ihn blaß,
Wenn er fragt: Was kostet das?

Schon will er die Knaben strafen,
Welche tun, als ob sie schlafen.
Doch die Mutter fleht: „Ich bitt' dich,
Sei nicht grausam, bester Fittig!"
Diese Worte liebevoll
Schmelzen seinen Vatergroll.

Paul und Peter ist's egal.
Peter geht vorerst einmal
In zwei Schlapp-Pantoffeln los,
Paul in seiner Zackenhos.

Plisch und Plum, weil ohne Sitte,
Kommen in die Hundehütte.

„Ist fatal!" bemerkte Schlich.
„Hehe! Aber nicht für mich!"

Viertes Kapitel

Endlich fing im Drahtgehäuse
Sich die frechste aller Mäuse,
Welche Mama Fittig immer,

Bald im Keller, bald im Zimmer
Und besonders bei der Nacht
Fürchterlich nervös gemacht.

Dieses gibt für Plisch und Plum
Ein erwünschtes Gaudium;
Denn jetzt heißt es: „Mal heraus,
Alte, böse Knuspermaus!"

Husch! Des Peters Hosenbein,
Denkt sie, soll ihr Schutz verleihn.

Plisch verfolgt sie in das Rohr;
Plum steht anderseits davor.

Knipp! In sein Geruchsorgan
Bohrt die Maus den Nagezahn.

Plisch will sie am Schwanze ziehn,

Knipp! Am Ohre hat sie ihn.

Siehst du wohl, da läuft sie hin
In das Beet der Nachbarin.

Kritzekratze, wehe dir,
Du geliebte Blumenzier!

Madam Kümmel will soeben
Öl auf ihre Lampe geben.
Fast wär ihr das Herz geknickt,
Als sie in den Garten blickt.

Sie beflügelt ihren Schritt,
Und die Kanne bringt sie mit.

Zornig, aber mit Genuß,
Gibt sie jedem einen Guß;

Erst dem Plisch und dann dem Plum.
Scharf ist das Petroleum;

Und die Wirkung, die es macht,
Hat Frau Kümmel nicht bedacht.

Aber was sich nun begibt,
Macht Frau Kümmel so betrübt,
Daß sie, wie von Wahn umfächelt,
Ihre Augen schließt und lächelt.

Mit dem Seufzerhauche: „Uh!"
Stößt ihr eine Ohnmacht zu.

Paul und Peter, frech und kühl,
Zeigen wenig Mitgefühl;
Fremder Leute Seelenschmerzen
Nehmen sie sich nicht zu Herzen.

„Ist fatal!" bemerkte Schlich.
„Hehe! Aber nicht für mich."

Fünftes Kapitel

Kurz die Hose, lang der Rock;
Krumm die Nase und der Stock,
Augen schwarz und Seele grau,
Hut nach hinten, Miene schlau –
So ist Schmulchen Schievelbeiner.
(Schöner ist doch unsereiner!)

Er ist grad vor Fittigs Tür;
„Rauwauwau!" erschallt es hier. –

Kaum verhallt der rauhe Ton,
So erfolgt das Weit're schon.

Und, wie schnell er sich auch dreht,
Ach, er fühlt, es ist zu spät;

Unterhalb des Rockelores
Geht sein ganze Sach kapores.

Soll ihm das noch mal passieren?
Nein, Vernunft soll triumphieren.

Schnupp! Er hat den Hut im Munde.
Staunend sehen es die Hunde,
Wie er so als Quadruped
Rückwärts nach der Türe geht,

Wo Frau Fittig nur mal eben
Sehen will, was sich begeben. –
Sanft, wie auf die Bank von Moos,

Setzt er sich in ihren Schoß.

Fittig eilte auch herbei. –
,,Wai!" rief Schmul. ,,Ich bin entzwei!
Zahlt der Herr von Fittig nicht,
Werd ich klagen bei's Gericht!"

Er muß zahlen. – Und von je
Tat ihm das doch gar so weh.

Auf das Knabenpaar zurück
Wirft er einen scharfen Blick,
So als ob er sagen will:
,,Schämt euch nur, ich schweige still!"

Doch die kümmern sich nicht viel
Um des Vaters Mienenspiel. –

,,Ist fatal", bemerkte Schlich.
,,Hehe! Aber nicht für mich!"

Sechstes Kapitel

Plisch und Plum, wie leider klar,
Sind ein niederträchtig Paar;
Niederträchtig, aber einig,
Und in letzter Hinsicht, mein' ich,

Immerhin noch zu verehren;
Doch wie lange wird es währen?
Bösewicht mit Bösewicht –
Auf die Dauer geht es nicht.

Vis-à-vis im Sonnenschein
Saß ein Hündchen hübsch und klein,

Dieser Anblick ist für beide
Eine unverhoffte Freude.

Jeder möchte vorne stehen,
Um entzückt hinaufzuspähen.
Hat sich Plisch hervorgedrängt,
Fühlt der Plum sich tief gekränkt.

Drängt nach vorne sich der Plum,
Nimmt der Plisch die Sache krumm.

Schon erhebt sich dumpfes Grollen,
Füße scharren, Augen rollen,

Und der heiße Kampf beginnt;

Plum muß laufen, Plisch gewinnt.

Mama Fittig machte grad
Pfannenkuchen und Salat,
Das bekannte Leibgericht,
Was so sehr zum Herzen spricht.

Hurr! Da kommt mit Ungestüm
Plum, und Plisch ist hinter ihm.

Schemel, Topf und Kuchenbrei
Mischt sich in die Beißerei. –
„Warte, Plisch! Du Schwerenöter!"
Damit reichte ihm der Peter
Einen wohlgezielten Hieb. –
Das ist aber Paul nicht lieb.

„Warum schlägst du meinen Köter?"
Ruft der Paul und haut den Peter.

Dieser, auch nicht angefroren,
Klatscht dem Paul um seine Ohren.

Jetzt wird's aber desperat. –
Ach, der köstliche Salat

Dient den aufgeregten Geistern,
Sich damit zu überkleistern.

Papa Fittig kommt gesprungen
Mit dem Stocke hochgeschwungen.
Mama Fittig, voller Güte,
Daß sie dies Malheur verhüte,
„Bester Fittig", ruft sie, „faß dich!"
Dabei ist sie etwas hastig.

Ihre Haube, zart umflort,
Wird von Fittigs Stock durchbohrt.

„Hehe!" lacht der böse Schlich.
„Wie ich sehe, hat man sich!"

Wer sich freut, wenn wer betrübt,
Macht sich meistens unbeliebt.

Lästig durch die große Hitze
Ist die Pfannenkuchenmütze.

„Höchst fatal!“ bemerkte Schlich.
„Aber diesmal auch für mich!“

Siebentes Kapitel

Seht, da sitzen Plisch und Plum
Voll Verdruß und machen brumm!
Denn zwei Ketten, gar nicht lang,
Hemmen ihren Tatendrang.

Und auch Fittig hat Beschwerden.
Dies – denkt er – muß anders werden!

Tugend will ermuntert sein,
Bosheit kann man schon allein!

Daher sitzen Paul und Peter
Jetzt vor Bokelmanns Katheder;
Und Magister Bokelmann
Hub, wie folgt, zu reden an:

„Geliebte Knaben, ich bin erfreut,
Daß ihr nunmehro gekommen seid,
Um, wie ich hoffe, mit allen Kräften
Augen und Ohren auf mich zu heften. –
Zum ersten: Lasset uns fleißig betreiben
Lesen, Kopf-, Tafelrechnen und Schreiben,
Alldieweil der Mensch durch sotane Künste
Zu Ehren gelanget und Brotgewinste.

Zum zweiten: Was würde das aber besagen
Ohne ein höfliches Wohlbetragen;
Denn wer nicht höflich nach allen Seiten,
Hat doch nur lauter Verdrießlichkeiten,

Darum zum Schlusse – denn sehet, so bin ich –
Bitt' ich euch dringend, inständigst und innig,
Habt ihr beschlossen in eurem Gemüte,
Meiner Lehre zu folgen in aller Güte,
So reichet die Hände und blicket mich an
Und sprechet: Jawohl, Herr Bokelmann!"

Paul und Peter denken froh:
Alter Junge, bist du so?
Keine Antwort geben sie,
Sondern machen bloß hihi!
Worauf er, der leise pfiff,
Wiederum das Wort ergriff.

„Dieweil ihr denn gesonnen", so spricht er,
„Euch zu verhärten als Bösewichter,
So bin ich gesonnen, euch dahingegen
Allhier mal über das Pult zu legen,
Um solchermaßen mit einigen Streichen
Die harten Gemüter euch zu erweichen."

Flugs hervor aus seinem Kleide,
Wie den Säbel aus der Scheide,
Zieht er seine harte, gute,
Schlanke, schwanke Haselrute,

Faßt mit kund'ger Hand im Nacken
Paul und Peter bei den Jacken
Und verklopft sie so vereint,
Bis es ihm genügend scheint.

„Nunmehr", so sprach er in guter Ruh,
„Meine lieben Knaben, was sagt ihr dazu?
Seid ihr zufrieden, und sind wir uns einig?"
„Jawohl, Herr Bokelmann!" riefen sie schleunig.

Dies ist Bokelmanns Manier.
Daß sie gut, das sehen wir.
Jeder sagte, jeder fand:
„Paul und Peter sind charmant!"

Aber auch für Plisch und Plum
Nahte sich das Studium
Und die nötige Dressur,
Ganz wie Bokelmann verfuhr.

Bald sind beide kunstgeübt,
Daher allgemein beliebt,
Und, wie das mit Recht geschieht,
Auf die Kunst folgt der Profit.

Schluss

Zugereist in diese Gegend,
Noch viel mehr als sehr vermögend,
In der Hand das Perspektiv,
Kam ein Mister namens Pief.
„Warum soll ich nicht beim Gehen“,
Sprach er, „in die Ferne sehen?

Schön ist es auch anderswo,
Und hier bin ich sowieso.“

Hierbei aber stolpert er
In den Teich und sieht nichts mehr.

„Paul und Peter, meine Lieben,
Wo ist denn der Herr geblieben?“
Fragte Fittig, der mit ihnen
Hier spazierengeht im Grünen.

Doch wo der geblieben war,
Wird ihm ohne dieses klar.
Ohne Perspektiv und Hut
Steigt er ruhig aus der Flut.

,,Allez, Plisch und Plum, apport!“
Tönte das Kommandowort.
Streng gewöhnt an das Parieren,
Tauchen sie und apportieren

Das Vermißte prompt und schnell.
Mister Pief sprach: ,,Weriwell!
Diese zwei gefallen mir!
Wollt ihr hundert Mark dafür?“
Drauf erwidert Papa Fittig
Ohne weiters: ,,Ei, da bitt’ ich.“
Er fühlt sich wie neu gestärkt,
Als er soviel Geld bemerkt.

,,Also, Plisch und Plum, ihr beiden,
Lebet wohl, wir müssen scheiden,
Ach, von dieser Stelle hier,
Wo vor einem Jahr wir vier
In so schmerzlich süßer Stunde
Uns vereint zum schönen Bunde;
Lebt vergnügt und ohne Not,
Beefsteak sei euer täglich Brot!“

Schlich, der auch herbeigekommen,
Hat dies alles wahrgenommen.
Fremdes Glück ist ihm zu schwer.
,,Recht erfreulich!“ murmelt er.
,,Aber leider nicht für mich!“

Plötzlich fühlt er einen Stich,
Kriegt vor Neid den Seelenkrampf,
Macht geschwind noch etwas Dampf,

Fällt ins Wasser, daß es zischt,
Und der Lebensdocht erlischt. –

Einst belebt von seinem Hauche,
Jetzt mit spärlich mattem Rauche

Glimmt die Pfeife noch so weiter
Und verzehrt die letzten Kräuter.
Noch ein Wölkchen blau und kraus. –
Phüt! ist die Geschichte

Fliegende Blätter und Münchener Bilderbogen

Beiträge aus den Jahren 1859 bis 1871

Die kleinen Honigdiebe

Du“, sagt der Peterl zum Hansel, „gehn wir ’nüber zu dem Nachbar seinen Bienenstock, der ist bis obenauf voll vom schönsten Hönig!“

Und richtig, sie gehen ’nüber und begucken lüstern des Nachbars Bienenstock.

„Den werden wir gleich haben“, sagt’s Peterl, packt den Bienenstock und hebt ihn, aber im Nu spürt jeder von den zwei Schleckern einen Stich auf der Nase, der nicht von ungefähr zu kommen scheint.

„Ha ha“, sagt der Nachbar, der auf das Zetergeschrei herbeikommt, „habt ihr’s gemerkt, wie es beim Honigstehlen zugeht, jetzt lauft nur heim mit euerm Denkzettel.“

Und einen ordentlichen Denkzettel haben sie davongetragen, so daß keiner mehr den andern gekannt hat.

Und die Mutter hat geschaut, wie’s heimgekommen sind!

Der Vater hat erst gewaltig gezankt, dann hat er aber helfen wollen, allein es war umsonst, und die zwei haben allweil geschrien, als ob sie am Spieße stäken.

Jammernd saßen sie vor ihrem Lieblingsessen, einer Schüssel voll duftender Knödel. Der Vater aber überlegte hin und her, wie man die zwei Stacheln, welche die Bienen zurückgelassen, wieder herausziehen und dadurch helfen möchte.

Da der Schmied im Dorfe der Gescheiteste ist, so führt der Vater den Peterl und das Hanserl zu ihm. Der Schmied aber ist ein resolvierter Mann, packt die Bienenstachel gleich mit der großen Zange und zieht sie auch wirklich glücklich heraus.

Jetzt war allerdings die Hauptsache geschehen, allein die Wunden, welche die Stacheln hinterlassen, mußten verheilt werden, und da mußte der Bader Dr. Bauxel kommen und auf jede Nase ein großes Pflaster legen.

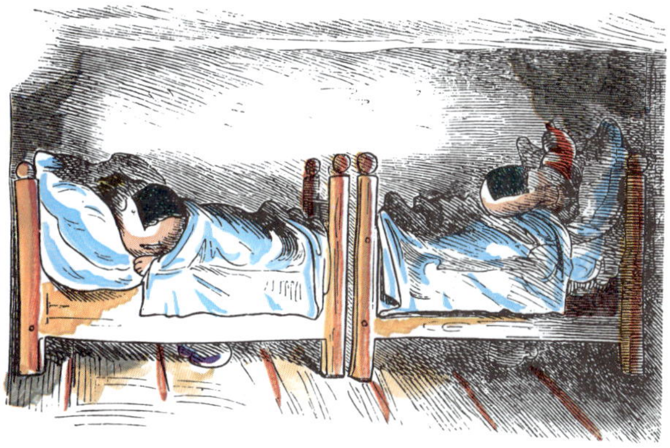

Damit sind die zwei drei Wochen im Bett gelegen, bis die Sache wieder gut war.

Endlich aber sind sie wieder gesund geworden und haben vor einer großen Schüssel voll Knödel feierlich gelobt, nie mehr zu einem Bienenstock zu gehn. Und das sollen sich alle Kinder merken, denn die Bienen stechen noch alle Tage, und nicht immer ist ein so resolvierter Mann wie der Schmied bei der Hand, der von den Folgen des Naschens helfen kann.

Naturgeschichtliches Alphabet

FÜR GRÖSSERE KINDER UND SOLCHE, DIE ES WERDEN WOLLEN

A

Im **A**meishaufen wimmelt es,
Der **A**ff frißt nie Verschimmeltes.

B

Die **B**iene ist ein fleißig Tier,
Dem **B**ären kommt das g'spaßig für.

C

Die **C**eder ist ein hoher Baum,
Oft schmeckt man die **C**itrone kaum.

D

Das wilde **D**romedar man koppelt,
Der **D**ogge wächst die Nase doppelt.

E

Der **E**sel ist ein dummes Tier,
Der **E**lefant kann nichts dafür.

F

Im Süden fern die **F**eige reift,
Der **F**alk am **F**inken sich vergreift.

G

Die **G**ems im Freien übernachtet,
Martini man die **G**änse schlachtet.

H

Der **H**opfen wächst an langer Stange,
Der **H**ofhund macht dem Wandrer bange.

I

Trau ja dem **I**gel nicht, er sticht,
Der **I**ltis ist auf Mord erpicht.

J

Johanniswürmchen freut uns sehr,
Der **J**aguar weit weniger.

K

Den **K**akadu man gern betrachtet,
Das **K**alb man ohne weiters schlachtet.

L

Die **L**erche in die **L**üfte steigt,
Der **L**öwe brüllt, wenn er nicht schweigt.

M

Die **M**aus tut niemand was zuleide,
Der **M**ops ist alter Damen Freude.

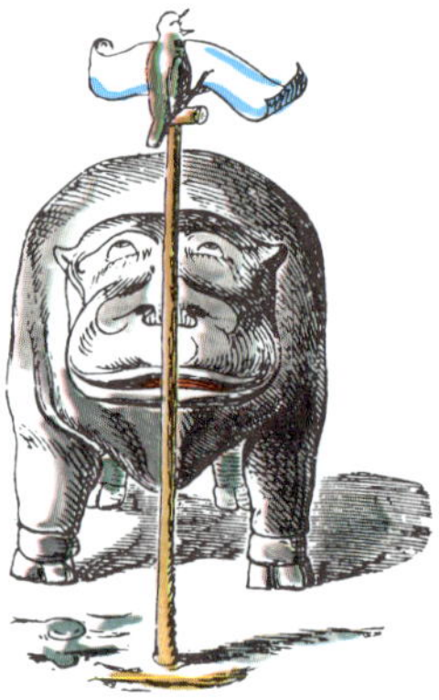

N

Die **N**achtigall singt wunderschön.
Das **N**ilpferd bleibt zuweilen stehn.

O

Der **O**rang-Utan ist possierlich,
Der **O**chs benimmt sich unmanierlich.

P

Der **P**apagei hat keine Ohren,
Der **P**udel ist meist halb geschoren.

Q

Das **Q**uarz sitzt tief im Berges-Schacht,
Die **Q**uitte stiehlt man in der Nacht.

R

Der **R**ehbock scheut den Büchsenknall,
Die **R**att gedeihet überall.

S

Der **S**teinbock lange Hörner hat,
Auch gibt es **S**chweine in der Stadt.

T

Die **T**urteltaube Eier legt,
Der **T**apir nachts zu schlafen pflegt.

U

Die **U**nke schreit im Sumpfe kläglich,
Der **U**hu schläft zwölf Stunden täglich.

V

Das **V**ieh sich auf der Weide tummelt,
Der **V**ampir nachts die Luft durchbummelt.

W

Der **W**alfisch stört des Herings Frieden,
Des **W**urmes Länge ist verschieden.

Z

Die **Z**wiebel ist der Juden Speise,
Das **Z**ebra trifft man stellenweise.

Der kleine Pepi mit der neuen Hose

Dem kleinen Pepi, welcher eine neue Hose braucht, wird eine solche von seinem Paten angemessen.

Als die Hose fertig ist, wird sie auf einer Landpartie probiert.

Die Probe fällt schlecht aus, und der kleine Pepi kommt in große Gefahr.

Ganz durchnäßt setzt sich der Pepi zum Trocknen vor den Laden des Schusters Knieriem, fühlt sich aber auf einmal an der neuen Hose festgehalten.

Da der kleine Pepi von seinem Sitze nicht los kann, so müssen freundliche Menschen den Herrn Paten holen, welcher ihn mit großer Sorgfalt frei macht und den Schaden kunstverständig ausbessert.

Der Vater zieht den Pepi übrigens noch zur strengen Verantwortung, denn eine jede neue Hose, selbst wenn der Herr Pate für den Macherlohn nichts berechnet, kostet viel Geld.

Der Pepi ist aber ein Sapperlotskerl und hat das erste Unglück nur zu schnell vergessen, und da er einmal gehört hat, daß der Mensch sich das Leben so süß als möglich machen soll, so geht er über des Nachbars Sirupfaß.

Mit dem Naschen hat aber schon so mancher ein Unglück gehabt. Der Pepi kriegt das Übergewicht und purzelt mit der neuen Hose in das Faß.

Der Nachbar hört, daß an seinem Sirupfasse etwas vorgeht, und zieht ein Wesen aus der Tiefe, von dem er gar nicht weiß, was er daraus machen soll. Doch scheint es ihm ein Mensch, und zwar ein kleiner, zu sein.

Er stellt das sonderbare Geschöpf in den Hof, um zu sehen, was daraus wird. Der Pepi kann aber weder sehen noch hören und spürt nur von allen Seiten ein höchst unangenehmes Stechen, als wenn ihn hundert Schneidergesellen mit Nadeln bearbeiteten. Endlich legt sich das Stechen, und der Pepi fühlt, daß ihn jemand mit großem Eifer abwischt und von seinem Überzuge auf die uneigennützigste Weise befreit. – Als er aber sehen kann, schreit er laut auf, als er entdeckt, daß ihn der große Hofhund in der Arbeit hat.

Den Lärm hört am allerersten die Frau Mutter und macht sogleich energische Versuche zur Wiederherstellung der äußeren Ansicht ihres einzigen Sohnes. Allein erst nach Anwendung der kräftigsten Wasch- und Schönheitsmittel bekommt der Pepi seine vorige Gestalt wieder.

Der Herr Vater aber läßt es an den eindringlichsten moralischen Ermahnungen nicht fehlen, damit der Pepi nicht vergißt, daß, wenn auch der Herr Pate auf den Macherlohn verzichtet, doch jede neue Hose viel Geld kostet.

Die beiden Enten und der Frosch

Sieh da, zwei Enten jung und schön,
Die wollen an den Teich hingehn.

Zum Teiche gehn sie munter
Und tauchen die Köpfe unter.

Die eine in der Goschen
Trägt einen grünen Froschen.

Sie denkt allein ihn zu verschlingen,
Das soll ihr aber nicht gelingen.

Die Ente und der Enterich,
Die ziehn den Frosch ganz fürchterlich.

Sie ziehn ihn in die Quere,
Das tut ihm weh gar sehre.

Der Frosch kämpft tapfer wie ein Mann.
Ob das ihm wohl was helfen kann?

Schon hat die eine ihn beim Kopf,
Die andre hält ihr zu den Kropf.

Die beiden Enten raufen,
Da hat der Frosch gut laufen.

Die Enten haben sich besunnen
Und suchen den Frosch im Brunnen.

Sie suchen ihn im Wasserrohr,
Der Frosch springt aber schnell hervor.

Die Enten mit Geschnatter
Stecken die Köpfe durchs Gatter.

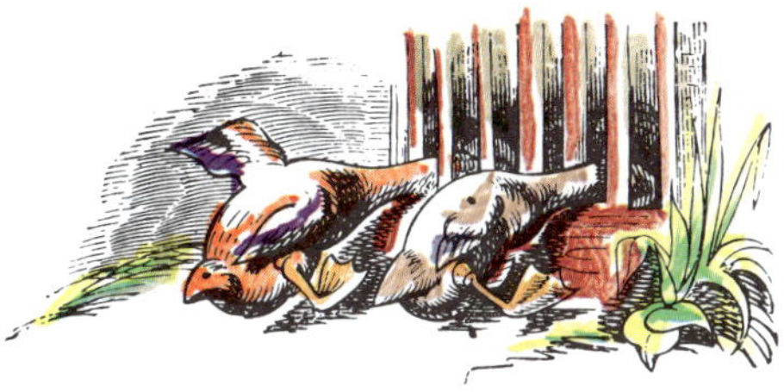

Der Frosch ist fort – die Enten,
Wenn die nur auch fort könnten!

Da kommt der Koch herbei sogleich,
Und lacht: ,,Hehe, jetzt hab ich euch!“

Drei Wochen war der Frosch so krank!
Jetzt raucht er wieder, Gott sei Dank!

Die Fliege

Dem Herrn Inspektor tut's so gut,
Wenn er nach Tisch ein wenig ruht.

Da kommt die Fliege mit Gebrumm
Und surrt ihm vor dem Ohr herum.

Und, aufgeschreckt aus halbem Schlummer,
Schaut er verdrießlich auf den Brummer.

Die böse Fliege! Seht, nun hat se
Sich festgesetzt auf seiner Glatze.

„Wart nur, du unverschämtes Tier!
Anitzo aber komm ich dir!"

Behutsam schleicht er nach der Tasse,
Daß er die Fliege da erfasse.

Perdauz! – Darin ist er gewandt –
Er hat sie wirklich in der Hand.

Hier schaut er nun mit großer List,
Wo sie denn eigentlich wohl ist.

Surr! – Da! – Sie ist schon wieder frei.
Ein Bein, das ist ihr einerlei.

Jetzt aber kommt er mit der Klappe,
Daß er sie so vielleicht ertappe.

Und um sie sicher zu bekommen,
Hat er den Sorgenstuhl erklommen.

Rumbums! Da liegt der Stuhl und er;
Die Fliege flattert froh umher.

Da holt er aus mit voller Kraft;
Die Fliege wird dahingerafft.

Und fröhlich sieht er das Insekt
Am Boden leblos ausgestreckt.

Erquicklich ist die Mittagsruh,
Nur kommt man oftmals nicht dazu.

Die Ballade von den sieben Schneidern

Es hatten sieben Schneider gar einen grimmen Mut;
Sie wetzten ihre Scheren und dürsteten nach Blut.
Dort auf der breiten Heide lief eine Maus daher,
Und wär sie nicht gelaufen, so lebte sie nicht mehr.
Und zu derselben Stunde (es war um halber neun)
Sah dieses mit Entsetzen ein altes Mütterlein.

Die Schneider mit den Scheren, die kehrten sich herum,
Sie stürzten auf die Alte mit schrecklichem Gebrumm.
„Heraus nun mit dem Gelde! Da hilft kein Ach und Weh!"
Das Mütterlein, das alte, das kreischte: „Ach herrje!"

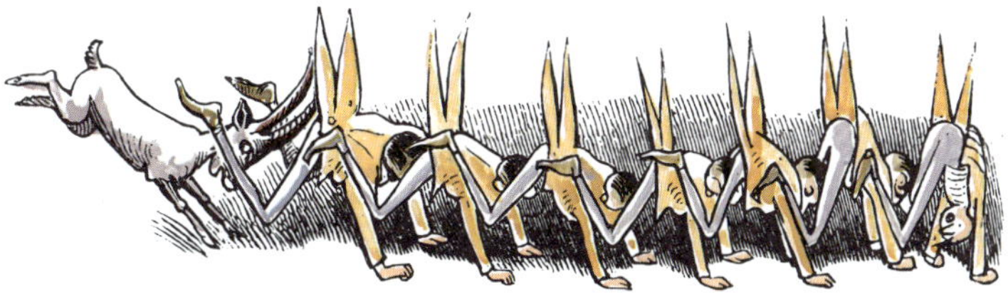

Ein Geißbock kam geronnen, so schnell er eben kann,
Und stieß mit seinem Horne den letzten Schneidersmann.
Da fielen sieben Schneider pardauz auf ihre Nas
Und lagen beieinander maustot im grünen Gras.

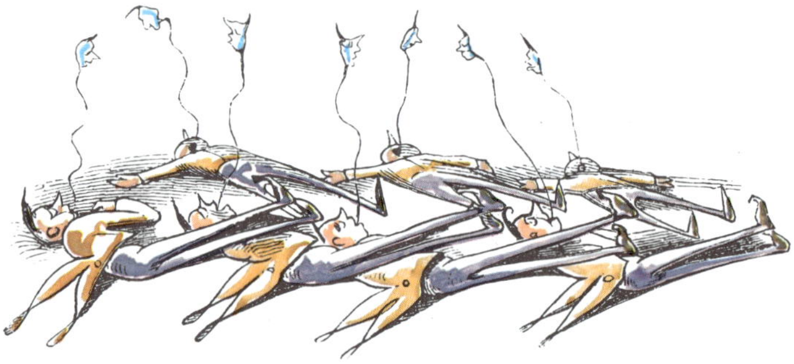

Und sieben Schneiderseelen, die sah man aufwärts schwirrn,
Sie waren anzuschauen wie sieben Fäden Zwirn.

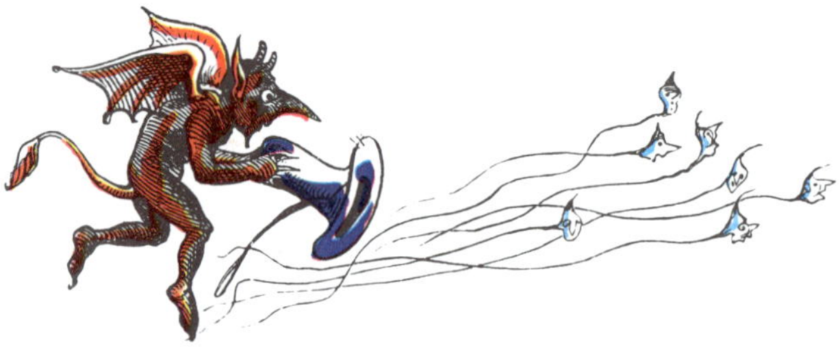

Der Teufel kam geflogen, wie er es meistens tut,
Und fing die sieben Seelen in seinem Felbelhut.

Er hängt das leichte Bündel an eine dürre Lind',
Da pfeifen sie gar kläglich, piep, piep, im kühlen Wind.

Der Teufel, sehr verdrießlich, dem war der Fang zu klein,
Drum schlug er in die Seelen gleich einen Knoten drein.

Und zieht ein Wandrer nächtlich durch dieses Waldrevier,
So denkt er bei sich selber: Ei, ei, wer pfeift denn hier?

Der Bauer und der Windmüller

Die Luft ist kühl, es weht der Wind;
Der Bauer zieht zur Mühl' geschwind.

Der böse Müller hat's gesehn
Und läßt sogleich die Mühle gehn.

Ei, denkt der brave Bauersmann,
Da bind ich meinen Esel an.

Den Esel zieht es fort, o Graus!
Der Müller
guckt zum Loch heraus.

Am Schwanz hängt sich der Bauer an,
Was ihm jedoch nichts helfen kann.

Denn sieh,
die Haare halten nicht –
Bums! liegt er da,
der arme Wicht.

Der Müller aber mit Vergnügen
Sieht in der Luft den Esel fliegen.

Indessen haut dem Bäuerlein
Ein Flügel an das rechte Bein.

Jetzt endlich bleibt die Mühle stehn,
Doch um den Esel ist's geschehn.

Hier siehst du nun auf einem Karrn
Den Abgeschiednen heimwärts fahrn.

Und als der Bauer kam nach Haus,
Fuhr seine Frau zur Tür heraus.

Mit einem Besen, groß und lang,
Macht sie dem Bauer angst und bang.

Der Bauer nimmt die Säge
Und wehrt sich ab die Schläge.

Ein Sägezahn trifft ganz genau
Ins Nasenloch der Bauersfrau,

Die Nase blutet fürchterlich,
Der Bauer denkt: Was kümmert's mich!

Zur Mühle geht der Bauersmann
Und fängt sogleich zu sägen an.

Racksknacks!
Da bricht die Mühle schon –
Das war des bösen Müllers Lohn.

Der böse Müller aber kroch
Schnell aus dem offnen Mühlenloch.

Das Rabennest

Zwei Knaben, jung und heiter,
Die tragen eine Leiter.
Im Nest die jungen Raben,
Die werden wir gleich haben.

Da fällt die Leiter um im Nu,
Die Raben sehen munter zu.

Sie schreien im Vereine!
Man sieht nur noch die Beine!

Der Jäger kommt an diesen Ort
Und spricht zu seinem Hund: ,,Apport!"

Den Knaben apportiert der Hund,
Der Jäger hat die Pfeif' im Mund.

Nun hole auch den andern her!
Der Schlingel aber will nicht mehr.

Der Jäger muß sich selbst bemühn,
Den Knaben aus dem Sumpf zu ziehn.

Zur Hälfte sind die Knaben
So schwarz als wie die Raben.

Der Hund und auch der Jägersmann,
Die haben schwarze Stiefel an.

Die Raben in dem Rabennest
Sind aber kreuzfidel gewest.

Der Lohn einer guten Tat

(Eine wahre Geschichte)

Wenn man von dem Lohn der Tugend
Hin und wieder was erfährt,
So ist das im allgemeinen
Jedenfalls nur wünschenswert.

Aber so was kann mich ärgern,
Wenn man in der Zeitung sieht,
Was dem Johann Luenicka
Für sein gutes Werk geschieht.

Von Geburt aus Leitomischl,
Handwerksbursche von Metier,
Kam er auch auf seiner Reise
Einst an einen großen See.

Plötzlich sieht er einen Knaben,
Welcher etwa dreizehn Jahr,
Und, nachdem er sich gebadet,
Eben beim Ertrinken war.

Dieses kann Johann nicht leiden,
Stürzt sich mutig in die Flut,

Faßt das Kind beim linken Beine,
Aber ach! verliert den Hut.

Erst jedoch, nachdem er alle
Rettungsmittel angewandt,
Fühlt er mittelst seiner Hände,
Daß er seinen Hut nicht fand.

Unbemittelt und vertrauend
Auf das Werk, das er getan,
Hält er bei der Ortsgemeinde
Höflich um Belohnung an.

Hier nimmt man das Anersuchen
Auch sogleich zu Protokoll
Und berichtet an das Kreisamt,
Wie man sich verhalten soll.

Von dem Kreisamt schreibt man wieder,
Und der Brave ist schon froh;
Aber groß war sein Erstaunen,
Denn die Antwort lautet so:

„Erstens, da der Luenicka
Schwimmen kann, so ist es klar,
Daß sein Leben bei der Sache
Nicht besonders in Gefahr;

Drum, nach reiflichem Bedenken,
Lautet unser Amtsbeschluß,
Daß die fragliche Belohnung
Jedenfalls von Überfluß.

Zweitens hat der Luenicka
Sein Ersuchen eingeschickt,
Ohne daß, wie es gesetzlich,
Ihm ein Stempel aufgedrückt;

Drum, nach reiflichem Bedenken,
Lautet unser Amtsbeschluß,
Daß er 72 Kreuzer
Stempeltaxe zahlen muß."

Ja, so lautet das Ergebnis. –
Zahlen muß der junge Mann,
Ob ihm gleich von jedem Auge
Eine stille Träne rann.

Und wir fragen uns im stillen:
Wozu nützt die gute Tat,
Wenn ein tugendsamer Jüngling
Obendrein noch Kosten hat!

Diogenes und die bösen Buben von Korinth

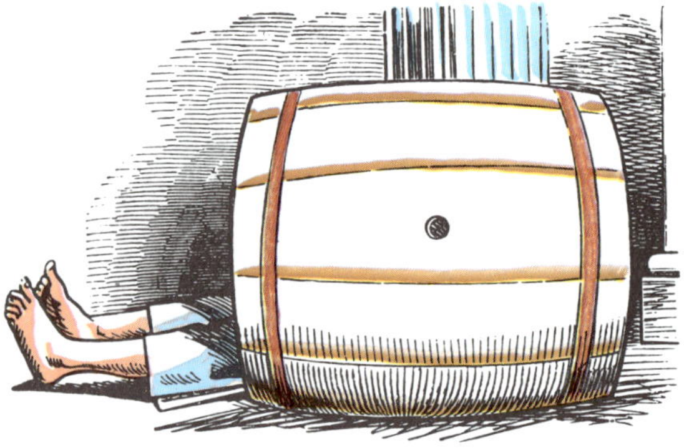

Nachdenklich liegt in seiner Tonne
Diogenes hier an der Sonne.

Ein Bube, der ihn liegen sah,
Ruft seinen Freund; gleich ist er da.

Nun fangen die zwei Tropfen
Am Fasse an zu klopfen.

Diogenes schaut aus dem Faß
Und spricht: „Ei, ei! Was soll denn das!“

Der Bube mit der Mütze
Holt seine Wasserspritze.

Er spritzt durchs Spundloch in das Faß,
Diogenes wird pudelnaß.

Kaum legt Diogenes sich nieder,
So kommen die bösen Buben wieder.

Sie gehn ans Faß und schieben es;
„Halt, halt!“ schreit da Diogenes.

Ganz schwindlig wird der Brave. –
Paßt auf! Jetzt kommt die Strafe.

Zwei Nägel, die am Fasse stecken,
Fassen die Buben bei den Röcken.

Die bösen Buben weinen
Und zappeln mit den Beinen.

Da hilft kein Weinen und kein Schrein,
Sie müssen unters Faß hinein.

Die bösen Buben von Korinth
Sind platt gewalzt, wie Kuchen sind.

Diogenes der Weise aber kroch ins Faß
Und sprach: „Jaja! Das kommt von das!“

Der Hahnenkampf

Eine Fabel

Der Gickerich, ein Gockel fein,
Schaut in den Topf voll Brüh hinein.

Ein zweiter, Gackerich genannt,
Kommt auch sogleich herzugerannt.

Und jeder langt mit Mühe
Im Topfe nach der Brühe.

Der Gicker- und der Gackerich
Betrachten und fixieren sich.

Zum Kampf gerüstet und ganz nah,
So stehn sie Aug' in Auge da.

Sie fangen mit den Tatzen
Entsetzlich an zu kratzen

Und schlagen sich die Sporen
Um ihre roten Ohren.

Jetzt rupft der Gickerich, o Graus,
Dem Gackerich die schönste Feder aus.

Doch Gackerich, der erst entfloh,
Macht's jetzt dem andern ebenso

Und zieht den Gickerich noch obendrein
Beim Schopfe in den Topf hinein.

Da kämpfen sie noch ganz erhitzt,
Daß rund herum die Brühe spritzt.

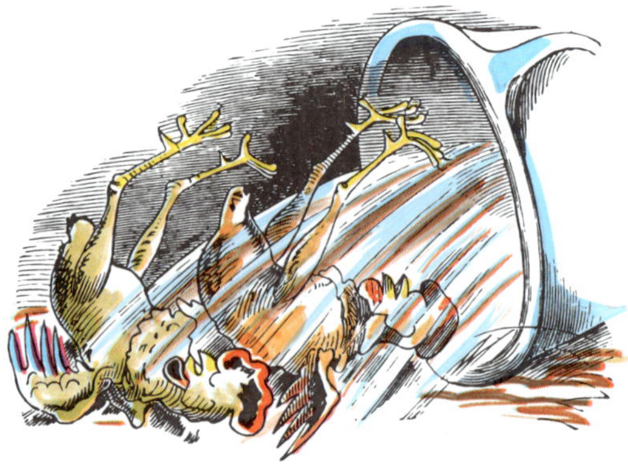

Und keiner hält sich für besiegt,
Obschon der Topf am Boden liegt.

Jetzt kommt der Schnauzel hergerennt
Und macht dem ganzen Streit ein End.

Sieh da, die Hähne gehn nach Haus
Und sehen ganz erbärmlich aus.

Der Schnauzel frißt den Rest der Brüh',
Den Schaden hat das Federvieh.

Die Rache des Elefanten

Den Elefanten sieht man da
Spazierengehn in Afrika.

Gemütlich geht er zur Oase
Und trinkt vermittelst seiner Nase.

Ein Mohr, aus Bosheit und Pläsier,
Schießt auf das Elefantentier.

Da dreht der Elefant sich um
Und folgt dem Neger mit Gebrumm.

Vergebens rennt der böse Mohr,
Der Elefant faßt ihn beim Ohr.

Er zieht ihn unter Weh und Ach
Zu einem nahen Wasserbach.

Da taucht er ihn ganz munter
Mit seinem Rüssel unter.

Den Mohren hätte unterdessen
Beinah das Krokodil gefressen.

Nun aber spritzt den Negersmann
Der Elefant mit Wasser an.

Er hebt ihn bei den Hosen auf
Und trägt ihn fort in schnellem Lauf.

Und wirft ihn in ein Kaktuskraut;
Der Kaktus sticht, der Mohr schreit laut.

Der Elefant geht still nach Haus,
Der Mohr sieht wie ein Kaktus aus.

Der Bauer und sein Schwein

Ein Bauer treibt in guter Ruh
Sein fettes Schwein der Heimat zu.

Bei einem Wirte kehrt er ein
Und kauft sich einen Branntewein.

Da zieht das Schwein, der Bauer fällt,
Weil er sich auf das Seil gestellt.

Des Wirtes Nachbar und sein Sohn,
Die warten auf die Knödel schon.

Auf einmal kommt herein die Sau
Und stößt die gute Nachbarsfrau.

Sie stößt, mit schrecklichem Gebrumm,
Das Kind, den Tisch und Nachbar um.

Heraußen steht das Bäuerlein
Und wartet auf sein fettes Schwein.

Das Schwein läuft aus der Tür heraus,
Der Bauer reitet fort im Saus.

Dem Schweine kommt das lästig vor,
Drum wälzt es sich im feuchten Moor.

Ans Ufer springt das böse Schwein,
Der Bauer mühsam hinterdrein.

Ins Schilderhaus verkriecht es sich,
Der Bauer spricht: ,,Jetzt hab ich dich!"

Er setzt sich auf das Schilderhaus,
Da schaut des Schweines Schwanz heraus.

Der Wirt, Soldat und Nachbarsmann,
Die greifen jetzt den Bauer an.

Doch endlich schlachtet man das Schwein,
Da freute sich das Bäuerlein.

Der Schnuller

Personen

Die Großmutter
's Kind
Erster Hund
Zweiter Hund
Die Wespe
Der Spritzkrug
Der Stallbesen
Der Schnuller

Hier hast du ihn! Nun sei hübsch still,
Weil ich die Wäsche trocknen will.

Dem Willi schmeckt der Schnuller süß.
Zwei junge Hunde sehen dies.

Der Willi spielt mit seiner Zehe,
Die Wespe lauert in der Nähe.

Schon krabbelt Schnupp, der eine Hund,
Ganz nah an Willi seinem Mund.

Er faßt mit Hast die süße Beute
Und eilt von dannen voller Freude.

Nun kommt auch Schnapp, der zweite Hund,
Und leckt an Willi seinem Mund.

Der Willi aber weinet sehr,
Denn er hat keinen Schnuller mehr.

Hier krabbelt er mit Händ' und Füßen
Zur Kanne hin, die zum Begießen;

Und sucht mit Mühe sich soeben
An dieser Kanne zu erheben.

Allein vergeblich ist sein Mühn;
Der kalte Guß kommt über ihn.

Hier läuft der Schnupp in großer Hast
Und hält den Schnuller fest gefaßt.

Schön schmeckt des Schnullers Süßigkeit
Die andern zwei sind voller Neid.

Ein jeder möchte, sich zu laben,
Den Schnuller gern alleine haben.

Der Wespenstich macht keine Freude,
Die Hunde fliehen alle beide.

Die Wespe mit vergnügtem Sinn
Betrachtet sich als Siegerin.

Großmutter aber kommt allhier
Und kehrt hinweg das Stacheltier.

Sie trägt zu einem warmen Ort
Den Willi und den Schnuller fort.

Hier liegt und schwelgt er zum Beschluß
In ungestörtem Hochgenuß.

Der hinterlistige Heinrich

Die Mutter sprach: „O Heinrich mein!
Nimm diese Brezen, sie sei dein!“

Der böse Heinrich denkt sich gleich:
Jetzt fang ich Gänse auf dem Teich.

Ein junges Gänslein schwamm ans Land;
Schnapp! hat es Heinrich in der Hand.

Es schreit und zappelt fürchterlich;
Die Alten sind ganz außer sich.

Jetzt faßt die Gans den Heinrich an,
Wo sie zunächst ihn fassen kann.

Der Heinrich fällt auf seinen Rücken;
Am Ohr tun ihn die Gänse zwicken.

Sie fliegen dann, o weh, o weh!
Mit Heinrich fort und in die Höh‘.

Hoch über seiner Mutter Haus,
Da lassen sie den Heinrich aus.

Der fällt ganz schwarz und über Kopf
Der Mutter in den Suppentopf.

Mit einer Gabel und mit Müh’
Zieht ihn die Mutter aus der Brüh’.

Hier sieht man ihn am Ofen stehn. –
Dem Schlingel ist ganz recht geschehn!

Die Gänse aber voll Ergötzen
Verzehren Heinrichs braune Brezen.

Die Rutschpartie

Da kommt der Hans auf seinem Schlitten
Vergnügt den Berg herabgeritten.

Schwupp! hat der Schlitten ihn gefaßt.
Warum hat er nicht aufgepaßt?!

Grad geht der Küster da vorbei
Und friert und denkt sich allerlei.

Ein Jäger raucht und geht nach Haus;
Der Schlitten kommt in vollem Saus.

Schau, schau!
Den Hund, den hat's bereits,
Der Jäger spränge gern abseits.

Jedoch der Schlitten faßt ihn schon,
Die Tabakspfeife fliegt davon.

Nun kommt trotz Ach- und Wehgeschrei
Die Botenfrau auch an die Reih'.

So saust man unaufhörlich fort
Bis zu dem steilen Abhang dort.

Ein jeder fliegt von seinem Sitze;
Der Schuß geht los
und durch die Mütze.

Hier steckt ein jeder tief im Schnee
Und reckt die Beine in die Höh'.

Doch gleich hat man sich aufgerafft
Und prügelt sich mit aller Kraft.

Zum Schluß geht man voll Schmerz beiseit;
Das macht die Unvorsichtigkeit.

Adelens Spaziergang

Ein Mädchen, schön und voll Gemüt,
Geht hier spazieren, wie man sieht.

Sie pflückt auf frühlingsgrüner Au
Vergißmeinnicht, das Blümlein blau.

Ach Gott!
Da hupft ein grüner, nasser,
Erschrecklich großer Frosch ins Wasser.

Adele, die ihn hupfen sah,
Fällt um und ist der Ohnmacht nah.

Ameisenbisse tun gar weh;
Schnell springt Adele in die Höh'.

Ein Schäfer weidet in der Fern';
Den Ziegenbock hat man nicht gern.

Es stößt der Bock; Adele schreit;
Der Hirt ist in Verlegenheit.

Auf seine Hörner nimmt der Bock
Adelens Krinolinenrock.

Hund, Hirt und Herde stehen stumm
Um diesen Unglücksfall herum.

Der Schäfer trägt Adelen fort;
Ein Storch kommt auch an diesen Ort.

Schnapp! faßt der Storch die Krinoline
Und fliegt davon mit froher Miene.

Hier sitzt das Ding im Baume fest
Als wunderschönes Storchennest.

Die fromme Helene

Erstes Kapitel

Lenchen kommt aufs Land

Wie der Wind in Trauerweiden
Tönt des frommen Sängers Lied,
Wenn er auf die Lasterfreuden
In den großen Städten sieht.

Ach, die sittenlose Presse!
Tut sie nicht in früher Stund
All die sündlichen Exzesse
Schon den Bürgersleuten kund?!

Offenbach ist im Thalia,
Hier sind Bälle, da Konzerts.
Annchen, Hannchen und Maria
Hüpft vor Freuden schon das Herz.

Kaum trank man die letzte Tasse,
Putzt man schon den ird'schen Leib.
Auf dem Walle, auf der Gasse
Wimmelt man zum Zeitvertreib.

Wie sie schauen, wie sie grüßen!
Hier die zierlichen Mosjös,
Dort die Damen mit den süßen,
Himmlisch hohen Prachtpopös.

Und der Jud mit krummer Ferse,
Krummer Nas' und krummer Hos'
Schlängelt sich zur hohen Börse
Tiefverderbt und seelenlos.

Schweigen will ich von Lokalen,
Wo der Böse nächtlich praßt,
Wo im Kreis der Liberalen
Man den Heil'gen Vater haßt.

Schweigen will ich von Konzerten,
Wo der Kenner hoch entzückt
Mit dem seelenvoll-verklärten
Opernglase um sich blickt,

Wo mit weichen Wogebusen
Man schön warm beisammen sitzt,
Wo der hehre Chor der Musen,
Wo Apollo selber schwitzt.

Schweigen will ich vom Theater,
Wie von da, des Abends spät,
Schöne Mutter, alter Vater
Arm in Arm nach Hause geht.

Zwar man zeuget viele Kinder,
Doch man denket nichts dabei.
Und die Kinder werden Sünder,
Wenn's den Eltern einerlei.

„Komm Helenchen!“ sprach der brave
Vormund — „Komm, mein liebes Kind!
Komm aufs Land, wo sanfte Schafe
Und die frommen Lämmer sind.

Da ist Onkel, da ist Tante,
Da ist Tugend und Verstand,
Da sind deine Anverwandte!“
So kam Lenchen auf das Land.

Zweites Kapitel

Des Onkels Nachthemd

Helene! — sprach der Onkel Nolte —
„Was ich schon immer sagen wollte!
Ich warne dich als Mensch und Christ:
Oh, hüte dich vor allem Bösen!
Es macht Pläsier, wenn man es ist,
Es macht Verdruß, wenn man's gewesen!“

„Ja, leider!“ — sprach die milde Tante —
„So ging es vielen, die ich kannte!
Drum soll ein Kind die weisen Lehren
Der alten Leute hochverehren!
Die haben alles hinter sich
Und sind, gottlob! recht tugendlich!
Nun gute Nacht! Es ist schon späte!
Und, gutes Lenchen, bete! bete!“

Helene geht. — Und mit Vergnügen
Sieht sie des Onkels Nachthemd liegen.

Die Nadel her, so schnell es geht!
Und Hals und Ärmel zugenäht!

Darauf begibt sie sich zur Ruh
Und deckt sich warm und fröhlich zu.

Bald kommt der Onkel auch herein
Und scheint bereits recht müd zu sein.

Erst nimmt er seine Schlummerprise,
Denn er ist sehr gewöhnt an diese.

Und nun vertauscht er mit Bedacht
Das Hemd des Tags mit dem der Nacht.

Doch geht's nicht so, wie er wohl möcht,
Denn die Geschichte will nicht recht.

„Potztausend, das ist wunderlich!"
Der Onkel Nolte ärgert sich.

Er ärgert sich, doch hilft es nicht.
Ja siehste woh! Da liegt das Licht!

Stets größer wird der Ärger nur,
Es fällt die Dose und die Uhr.

Rack! — Stößt er an den Tisch der Nacht,
Was einen großen Lärm gemacht.

Hier kommt die Tante mit dem Licht. —
Der Onkel hat schon Luft gekriegt.

„Oh sündenvolle Kreatur!
Dich mein ich dort! — Ja, schnarche nur!"

Helene denkt: „Dies will ich nun
Auch ganz gewiß nicht wieder tun."

Drittes Kapitel

Vetter Franz

Helenchen wächst und wird gescheit
Und trägt bereits ein langes Kleid. —

„Na, Lene! hast du's schon vernommen?
Der Vetter Franz ist angekommen."
So sprach die Tante früh um achte,
Indem sie grade Kaffee machte.
„Und hörst du, sei fein hübsch manierlich
Und zeige dich nicht ungebührlich,
Und sitz' bei Tische nicht so krumm
Und gaffe nicht soviel herum.
Und ganz besonders muß ich bitten:
Das Grüne, was so ausgeschnitten —
Du ziehst mir nicht das Grüne an,
Weil ich's nun mal nicht leiden kann."

„Ei!" — denkt Helene — „Schläft er noch?"
Und schaut auch schon durchs Schlüsselloch.

Der Franz, ermüdet von der Reise,
liegt tief versteckt im Bettgehäuse.

„Ah, ja, ja, jam!" — so gähnt er eben —
„Es wird wohl Zeit, sich zu erheben

Und sich allmählich zu bequemen,
Die Morgenwäsche vorzunehmen."

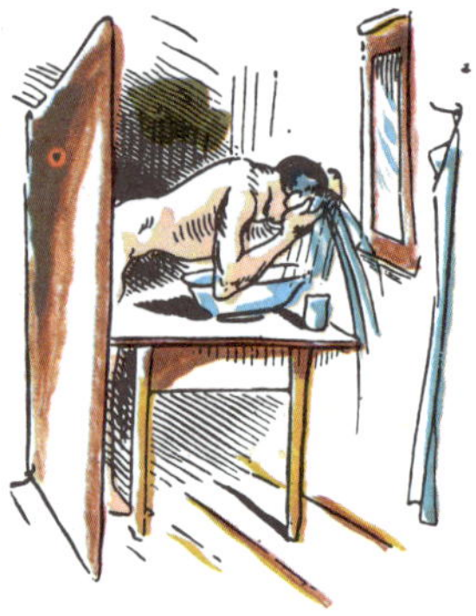

Zum ersten: ist es mal so schicklich,

Zum zweiten: ist es sehr erquicklich;

Zum dritten: ist man sehr bestaubt

Und viertens: soll man's überhaupt,

Denn fünftens: ziert es das Gesicht

Und schließlich: schaden tut's mal nicht.

Wie fröhlich ist der Wandersmann,
Zieht er das reine Hemd sich an.

Und neugestärkt und friedlich-heiter
Bekleidet er sich emsig weiter.

Und erntet endlich stillerfreut

Die Früchte seiner Reinlichkeit.

Jetzt steckt der Franz die Pfeife an,
Helene eilt, so schnell sie kann.

Plemm!! — Stößt sie an die alte Brause,
Die oben steht im Treppenhause.

Sie kommt auf Hannchen hergerollt,
Die Franzen's Stiefel holen wollt.

Die Lene rutscht, es rutscht die Hanne;
Die Tante trägt die Kaffeekanne.

Nun kehrt die Tante auch zum Glück
Ins selbstbewußte Sein zurück.

Wie hat Helene da gelacht,
Als Vetter Franz den Scherz gemacht!

Eins aber war von ihm nicht schön:
Man sah ihn oft bei Hannchen stehn!
Doch jeder Jüngling hat wohl mal
'n Hang fürs Küchenpersonal,
Und sündhaft ist der Mensch im ganzen!
Wie betet Lenchen da für Franzen!!
Nur einer war, der heimlich grollte:
Das ist der ahnungsvolle Nolte.
Natürlich tut er dieses bloß
In Anbetracht der Tobaksdos'.
Er war auch wirklich voller Freud,
Als nun vorbei die Ferienzeit
Und Franz mit Schrecken wiederum
Zurück muß aufs Gymnasium.

Fünftes Kapitel

Der Liebesbrief

Und wenn er sich auch ärgern sollte,
Was schert mich dieser Onkel Nolte!"

So denkt Helene, leider Gotts!
Und schreibt dem Onkel grad zum Trotz:

„Geliebter Franz!
Du weißt es ja, Dein bin ich ganz!

Wie reizend schön war doch die Zeit,
Wie himmlisch war das Herz erfreut,

Als in den Schnabelbohnen drin
Der Jemand eine Jemandin,

Ich darf wohl sagen: herzlich küßte. –
Ach Gott, wenn das die Tante wüßte!
Und ach! wie ist es hierzuland
Doch jetzt so schrecklich anigant!

Der Onkel ist, gottlob, recht dumm,
Die Tante nöckert so herum,

Und beide sind so furchtbar fromm;
Wenn's irgend möglich, Franz, so komm
Und trockne meiner Sehnsucht Träne!
10000 Küsse von
Helene."

Jetzt Siegellack! – Doch weh! alsbald

Ruft Onkel Nolte donnernd: „halt!"

Und an Helenes Nase stracks
Klebt das erhitzte Siegelwachs.

Sechstes Kapitel

Eine unruhige Nacht

In der Kammer, still und donkel,
Schläft die Tante bei dem Onkel.

Mit der Angelschnur versehen
Naht sich Lenchen auf den Zehen.

Zupp! – Schon lüftet sich die Decke
Zu des Onkels großem Schrecke.

Zupp! – Jetzt spürt die Tante auch
An dem Fuß den kalten Hauch.

„Nolte!" – ruft sie – „Lasse das,
Denn das ist ein dummer Spaß!"

Und mit Murren und Gebrumm
Kehrt man beiderseits sich um.

Schnupp! — Da liegt man gänzlich bloß
Und die Zornigkeit wird groß;

Und der Schlüsselbund erklirrt,
Bis der Onkel flüchtig wird.

Autsch! Wie tut der Fuß so weh!
An der Angel sitzt die Zeh.

Lene hört nicht auf zu zupfen,
Onkel Nolte, der muß hupfen.

Lene hält die Türe zu.
Oh, du böse Lene du!

Stille wird es nach und nach,
Friede herrscht im Schlafgemach.

Am Morgen aber ward es klar,
Was nachts im Rat beschlossen war.
Kalt, ernst und dumpf sprach Onkel Nolte:
„Helene, was ich sagen wollte: —"

„Ach!" — rief sie — „Ach! Ich will es nun
Auch ganz gewiß nicht wieder tun!"

„Es ist zu spät! — drum stantepeh
Pack deine Sachen! — So! — Ade!"

Siebentes Kapitel

Interimistische Zerstreuung

Ratsam ist und bleibt es immer
Für ein junges Frauenzimmer,
Einen Mann sich zu erwählen
Und womöglich zu vermählen.

Erstens: will es so der Brauch.
Zweitens: will man's selber auch.
Drittens: man bedarf der Leitung
Und der männlichen Begleitung;

Weil bekanntlich manche Sachen,
Welche große Freude machen,
Mädchen nicht allein verstehn;
Als da ist: ins Wirtshaus gehn. —

Freilich oft, wenn man auch möchte,
Findet sich nicht gleich der Rechte;
Und derweil man so allein,
Sucht man sonst sich zu zerstreu'n.

Lene hat zu diesem Zwecke
Zwei Kanari in der Hecke,

Welche Niep und Piep genannt.
Zierlich fraßen aus der Hand
Diese goldignetten Mätzchen;

Aber Mienzi hieß das Kätzchen.

Einstens kam auch auf Besuch
Kater Munzel, frech und klug.

Alsobald so ist man einig. —
Fest entschlossen, still und schleunig

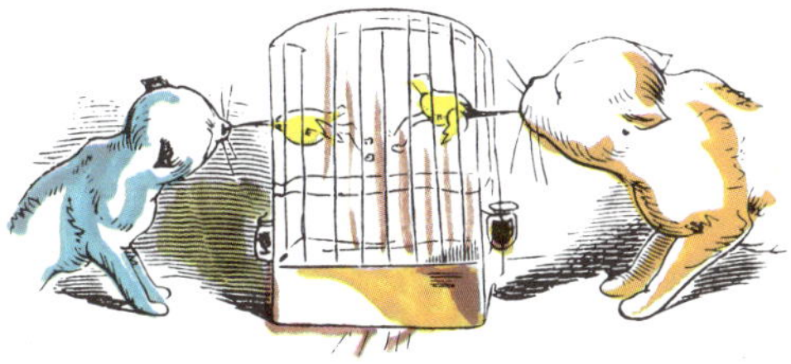

Ziehen sie voll Mörderdrang
Niep und Piep die Hälse lang.

Drauf so schreiten sie ganz heiter
Zu dem Kaffeetische weiter. —

Mienzi mit den sanften Tätzchen
Nimmt die guten Zuckerplätzchen.
Aber Munzels dicker Kopf
Quält sich in den Sahnetopf.
Grad kommt Lene, welche drüben
Eben einen Brief geschrieben,
Mit dem Licht und Siegellack
Und bemerkt das Lumpenpack.

Mienzi kann noch schnell enteilen,
Aber Munzel muß verweilen;

Denn es sitzt an Munzels Kopf
Festgeschmiegt der Sahnetopf.

Blindlings stürzt er sich zur Erd'.
Klacks! — Der Topf ist nichts mehr wert.

Aufs Büfett geht es jetzunder;
Flaschen, Gläser — alles runter!

Mehr ist hier schon die Kunst zu loben.

Denn Schönheit wird durch Kunst gehoben. –

Allein auch dieses, auf die Dauer,
Fällt doch dem Menschen schließlich sauer. –

„Es sei!" sprach Lene heute früh –
„Ich nehme Schmöck und Kompanie!"

G. J. C. Schmöck, schon längst bereit,
Ist dieserhalb gar hoch erfreut.
Und als der Frühling kam ins Land,
Ward Lene Madam Schmöck genannt.

Neuntes Kapitel

Die Hochzeitsreise

'S war Heidelberg, das sich erwählten
Als Freudenort die Neuvermählten. –

Wie lieblich wandelt man zu zwei'n
Zum Schloß hinauf im Sonnenschein.

„Ach, sieh nur mal, geliebter Schorsch!
Hier diese Trümmer, alt und morsch!"

„Ja!" – sprach er – „Aber diese Hitze!
Und fühle nur mal, wie ich schwitze!"

Ruinen machen vielen Spaß. —
Auch sieht man gern das große Faß.

Und — alle Ehrfurcht! — muß ich sagen
Alsbald, so sitzt man froh im Wagen

Und sieht das Panorama schnelle
Vorüberziehn bis zum Hotelle;

Denn Spargel, Schinken, Koteletts
Sind doch mitunter auch was Nett's.

„Pist!! Kellner! Stell'n Sie eine kalt!
Und, Kellner! Aber möglichst bald!"

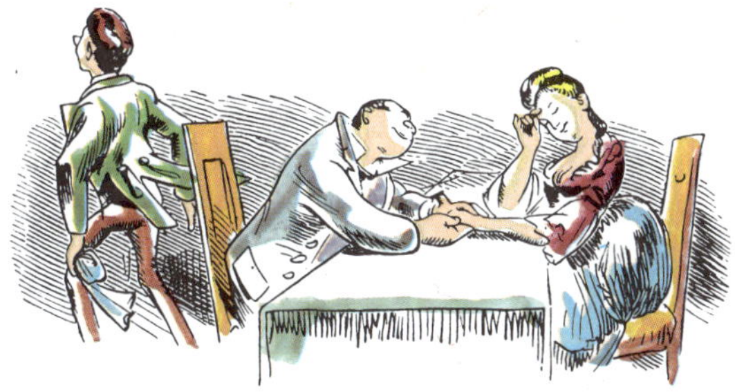

Der Kellner hört des Fremden Wort.
Es saust der Frack. Schon eilt er fort.

Wie lieb und luftig perlt die Blase
Der Witwe Klicko in dem Glase. —

Gelobt seist du viel tausendmal!
Helene blättert im Journal.

„Pist! Kellner! Noch einmal so eine!“ –
– Helenen ihre Uhr ist neune. –

Der Kellner hört des Fremden Wort.
Es saust der Frack. Schon eilt er fort.

Wie lieb und luftig perlt die Blase
Der Witwe Klicko in dem Glase.

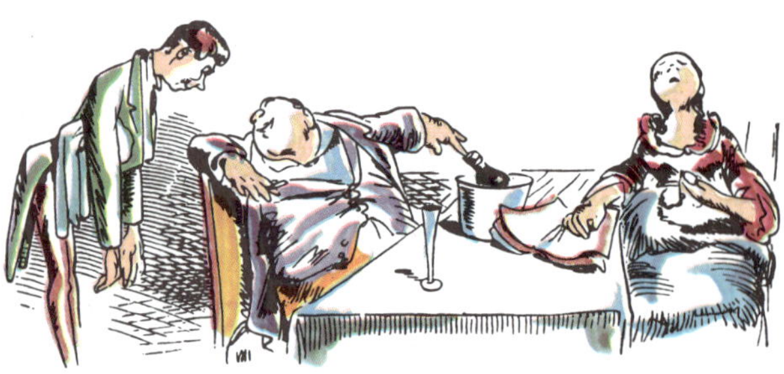

„Pist! Kellner! Noch so was von den!“ –
– Helenen ihre Uhr ist zehn. –

Schon eilt der Kellner emsig fort. –
Helene spricht ein ernstes Wort. –

Der Kellner leuchtet auf der Stiegen.
Der fremde Herr ist voll Vergnügen.

Pitsch! – Sieh da! Er löscht das Licht.

Plums! Liegt er da und rührt sich nicht.

Zehntes Kapitel

Löbliche Tätigkeit

Viele Madams, die ohne Sorgen,
In Sicherheit und wohlgeborgen,
Die denken: Pah! Es hat noch Zeit! –
Und bleiben ohne Frömmigkeit. –

Wie lobenswert ist da Helene!
Helene denkt nicht so wie jene. –
Nein, nein: sie wandelt oft und gerne
Zur Kirche hin, obschon sie ferne.

Und Jean mit demutsvollem Blick,
Drei Schritte hinterwärts zurück,
Das Buch der Lieder in der Hand,
Folgt seiner Herrin unverwandt.

Doch ist Helene nicht allein
Nur auf sich selbst bedacht. – O nein! –
Ein guter Mensch gibt gerne acht,
Ob auch der andre was Böses macht;
Und strebt durch häufige Belehrung
Nach seiner Beßrung und Bekehrung.

„Schang!“ – sprach sie einstens – „Deine Taschen
Sind oft so dick! Schang! Tust du naschen?

Ja, siehst du wohl! Ich dacht es gleich!
O Schang! Denk an das Himmelreich!“

Dies Wort drang ihm in die Natur,
So daß er schleunigst Beßrung schwur.

Doch nicht durch Worte nur allein
Soll man den andern nützlich sein. –

Helene strickt die guten Jacken,
Die so erquicklich für den Nacken;
Denn draußen wehen rauhe Winde. –
Sie fertigt auch die warme Binde;
Denn diese ist für kalte Mägen
Zur Winterszeit ein wahrer Segen. –
Sie pflegt mit herzlichem Pläsier
Sogar den fränk'schen Offizier,
Der noch mit mehren dieses Jahr
Im Deutschen Reiche seßhaft war. –

Besonders aber tat ihr leid
Der armen Leute Bedürftigkeit. –
Und da der Arzt mit Ernst geraten,
Den Leib in warmem Wein zu baden,

So tut sie's auch.

Oh, wie erfreut
Ist nun die Schar der armen Leut',
Die, sich recht innerlich zu laben,
Doch auch mal etwas Warmes haben.

Elftes Kapitel

Geistlicher Rat

Viel Freude macht, wie männiglich bekannt,
Für Mann und Weib der heilige Ehestand!
Und lieblich ist es für den Frommen,
Der die Genehmigung dazu bekommen,
Wenn er sodann nach der üblichen Frist
Glücklicher Vater und Mutter ist. –
– Doch manchmal ärgert man sich bloß,
Denn die Ehe bleibt kinderlos. –

– Dieses erfuhr nach einiger Zeit
Helene mit großer Traurigkeit. –

Nun wohnte allda ein frommer Mann,
Bei Sankt Peter dicht nebenan,
Von Frau'n und Jungfrau'n weit und breit
Hochgepriesen ob seiner Gelehrsamkeit. –
(Jetzt war er freilich schon etwas kränklich).

„O meine Tochter!" – sprach er bedenklich –
„Dieses ist ein schwierig' Kapitel;
Da helfen allein die geistlichen Mittel!
Drum, meine Beste, ist dies mein Rat:
Schreite hinauf den steilen Pfad
Und folge der seligen Pilgerspur
Gen Chosemont de bon secours,
Denn dorten, berühmt seit alter Zeit,
Stehet die Wiege der Fruchtbarkeit.
Und wer allda sich hinverfügt,
Und wer allda die Wiege gewiegt,
Der spürete bald nach selbigter Fahrt,
Daß die Geschichte anders ward.

Solches hat noch vor etzlichen Jahren
Leider Gotts! eine fromme Jungfer erfahren,
Welche, indem sie bis dato in diesen
Dingen nicht sattsam unterwiesen,
Aus Unbedacht und kindlichem Vergnügen
Die Wiege hat angefangen zu wiegen. –
Und ob sie schon nur ein wenig gewiegt,
Hat sie dennoch ein ganz kleines Kind gekriegt. –

Auch kam da ein frecher Pilgersmann,
Der rühret aus Vorwitz die Wiegen an.
Darauf nach etwa etzlichen Wochen,
Nachdem er dieses verübt und verbrochen,
Und – Doch, meine Liebe, genug für heute
Ich höre, daß es zur Metten läute.

Addio! Und – Trost sei Dir beschieden!
Zeuge hin in Frieden!"

Zwölftes Kapitel

Die Wallfahrt

Hoch von gnadenreicher Stelle
Winkt die Schenke und Kapelle. –

Aus dem Tale zu der Höhe,
In dem seligen Gedränge
Andachtsvoller Christenmenge
Fühlt man froh des andern Nähe;

Denn hervor aus Herz und Munde,
Aus der Seele tiefstem Grunde
Haucht sich warm und innig an
Pilgerin und Pilgersmann. –

Hier vor allen, schuhbestaubt,
Warm ums Herze, warm ums Haupt,
Oft erprobt in ernster Kraft,
Schreitet die Erzgebruderschaft.

Itzo kommt die Jungferngilde,
Auf den Lippen Harmonie, –
In dem Busen Engelsmilde,
In der Hand das Paraplü. –

Oh, wie lieblich tönt der Chor!
Bruder Jochen betet vor. –

Aber dort im Sonnenscheine
Geht Helene traurig-heiter,
Sozusagen, ganz alleine,

Denn ihr einziger Begleiter,
Stillverklärt im Sonnenglanz,
Ist der gute Vetter Franz,
Den seit kurzem die Bekannten
Nur den „heil'gen" Franz benannten. —
Traulich wallen sie zu zweit
Als zwei fromme Pilgersleut.

Gott sei Dank, jetzt ist man oben!
Und mit Preisen und mit Loben
Und mit Eifer und Bedacht
Wird das Nötige vollbracht.

Freudig eilt man nun zur Schenke,
Freudig greift man zum Getränke,
Welches schon seit langer Zeit
In des Klosters Einsamkeit
Ernstbesonnen, stillvertraut,
Bruder Jakob öfters braut.

Hierbei schaun sich innig an
Pilgerin und Pilgersmann.

Endlich nach des Tages Schwüle
Naht die sanfte Abendkühle.

In dem gold'nen Mondenscheine
Geht Helene froh und heiter,
Sozusagen, ganz alleine,
Denn ihr einziger Begleiter,
Stillverklärt im Mondesglanz,
Ist der heil'ge Vetter Franz.
Traulich ziehn sie heim zu zweit
Als zwei gute Pilgersleut. —

Doch die Erzgebruderschaft
Nebst den Jungfern tugendhaft,
Die sich etwas sehr verspätet,
Kommen jetzt erst angebetet.
Oh, wie lieblich tönt der Chor!
Bruder Jochen betet vor.

Schau, da kommt von ungefähr
Eine Droschke noch daher. —

Er, der diese Droschke fuhr,
Frech und ruchlos von Natur,
Heimlich denkend: papperlapp!
Tuet seinen Hut nicht ab. —

Weh! Schon schaun ihn grollend an
Pilgerin und Pilgersmann. —
Zwar der Kutscher sucht mit Klappen
Anzusporen seinen Rappen,

Aber Jochen schiebt die lange
Jungfernbundesfahnenstange
Durch die Hinterräder quer —

Schrupp! — und's Fuhrwerk geht nicht mehr. —

Und hustet, bis ihm der Salat
Aus beiden Ohren fliegen tat.

Bums! Da! Er schließt den Lebenslauf.
Der Jean fängt schnell die Flasche auf.

„Oh!“ – sprach der Jean – „es ist ein Graus!
Wie schnell ist doch das Leben aus!“

Vierzehntes Kapitel

Ein treuloser Freund

„O Franz!“ – spricht Lene – und sie weint –
„O Franz! Du bist mein einz'ger Freund!“
„Ja!“ – schwört der Franz mit mildem Hauch –
„Ich war's, ich bin's und bleib es auch!

Nun gute Nacht! Schon tönt es zehn!
Will's Gott! Auf baldig Wiedersehn!“

Die Stiegen steigt er sanft hinunter. –
Schau, schau! Die Kathi ist noch munter.

Das freut den Franz. — Er hat nun mal
'n Hang fürs Küchenpersonal.

Der Jean, der heimlich näher schlich,
Bemerkt die Sache zorniglich.

Von großer Eifersucht erfüllt,
Hebt er die Flasche rasch und wild.

Und — Kracks! es dringt der scharfe Schlag
Bis tief in das Gedankenfach.

's ist aus! — Der Lebensfaden bricht. —
Helene naht. — Es fällt das Licht. —

Fünfzehntes Kapitel

Die Reue

Ach, wie ist der Mensch so sündig! —
Lene, Lene! Gehe in dich! —

Und sie eilet tieferschüttert
Zu dem Schranke schmerzdurchzittert.

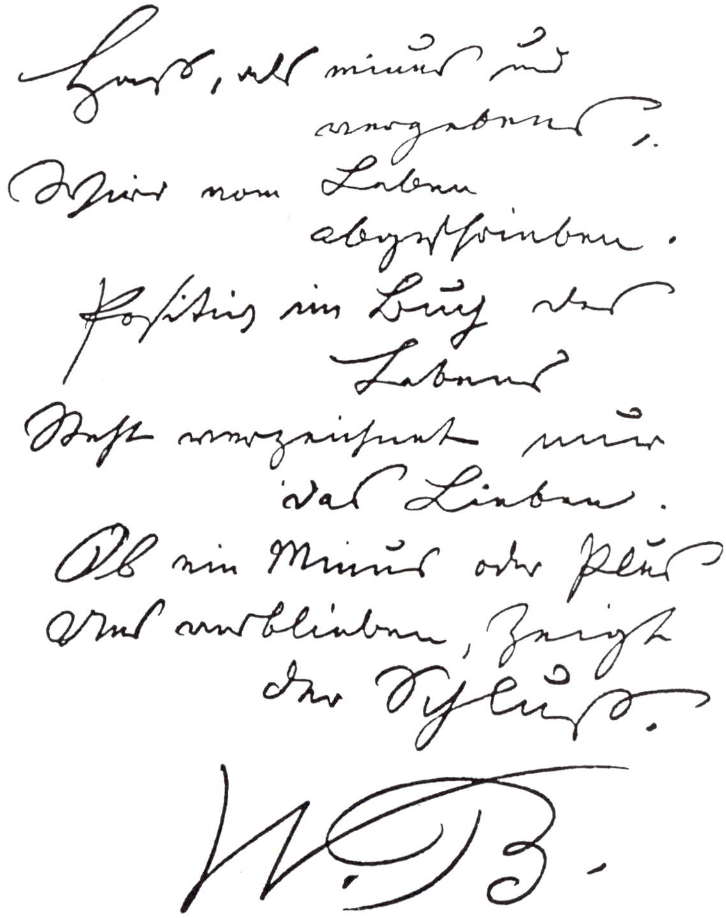
Haß, als minus und vergebens,
Wird vom Leben abgeschrieben.
Positiv im Buch des Lebens
Steht verzeichnet nur das Lieben.
Ob ein Minus oder Plus
Uns verblieben, zeigt der Schluß.

W. B.

Haß, als minus und vergebens,
Wird vom Leben abgeschrieben.
Positiv im Buch des Lebens
Steht verzeichnet nur das Lieben.
Ob ein Minus oder Plus
Uns verblieben, zeigt der Schluß.